俺がどんな選択をしようが、
SS級美少女たちが
全力で注目してくる
春日部タケル
イラスト 塩かずのこ
選べ
①誰かをペロペロ
②机をペロペロ

えへへ……
私、ダイキョーさんと
お友達になれてよかったです
御羽家月花《みはねやげっか》
スーパースターを夢見る高校二年生。
おバカで調子に乗りやすくて
チョロいとどうしようもないが、根はいい子。

でも、あなたの顔——
笑顔がいいと思ったのは本当
淡雪《あわゆき》テラ
高校二年生。全てにおいて
圧倒的な才能を有する完璧超人。
感情を顔に出さないけど
キレのあるボケをくりだす。

こんな美少女と
お風呂で二人っきりなのに
何もしない気ですか、お兄さん
コロネ
天界から派遣されてきた
ガチもんの天使。ノリが軽く、
人をからかう事が大好きで、
下ネタもお手の物。

俺がどんな選択をしようが、SS級美少女たちが全力で注目してくる

春日部タケル

角川スニーカー文庫

23788

もくじ

口絵・本文イラスト：塩かずのこ
デザイン：AFTERGLOW

プロローグ

「うわっ！」

滑って。

「ぐえっ！」

転んで。

「おごっ！」

壁に頭を打ち付ける。

「うう……くそっ……」

こんなに清掃が行き届いたピカピカの廊下になぜバナナの皮が？　なんて疑問に思っちゃいけない。

バナナの皮があったから俺が転んだんじゃない。俺が通る道だったからこそ、そこにバナナの皮が存在したんだ。

なんか哲学みたいな感じに言ってしまったが、そんな大層なもんじゃない。

原因は不運——ただその一言に尽きる。

物心ついた時からずっとそうだった。

タンスの角に小指をぶつける、鳥にフンを落とされる、財布を落とす、なんでもござれ。

一つ一つはそこまで珍しい事じゃないけど、その頻度が普通の人間とはケタ違いに多い。

そんな風であるからして、俺の日常は危険に満《み》ち溢《あふ》れている。

だから、ただ歩くにしても細心の注意を払って――

ズルッ！

「ぐあっ！」

……いくら気をつけていても、駄目なものは駄目なんですよ、これが。

再び盛大にすっ転んだ俺は尻餅状態のまま『犯人』に視線を向ける。

まあバナナの皮が二連続で落ちているなんて、俺にとっては日常茶飯事――

『月刊俺のバナナ』というタイトルのエロ本だった。

「さすがにおかしいだろ！」

なんでこんなもんが学校の廊下に落ちてんだ………………まあでも、俺だしな。

そんな風に納得してしまう程度には、不運にまみれた人生を送ってきていた。

「でもそれは学校側も重々承知だろうに……なんで俺なんだろうな？」

先程貸与された学生証の校名をまじまじと見つめ、首を傾《かし》げる。

私立帝桜《ていおう》学園。

それは、この国のトップに君臨する高校の名だ。

才能絶対主義を掲げ、一芸に秀でた学生達を集め、育て、最高の人材を世に輩出する事を第一理念としている。

創立当初は他よりも優秀な卒業生がやや多く見られる、程度だったが、年を経る毎《ごと》にその比率と質は加速度的に上昇。

それに伴い入学試験のハードルも跳ね上がり、生半可な優秀さでは入学する事すら叶《かな》わなくなった。

国内最高峰である大学への進学率もナンバーワンであり、高校でありながらブランド力という点では当該大学をも上回っているとの評価も散見される。

そのような才能の見本市において、更に異色の生徒達が存在する。

『帝《てい》花《か》十《じゅっ》咲《しょう》』

日本一の高校と誰もが認める帝桜学園――その中でも頂点に君臨する十人がそう呼称される。

学問、スポーツ、及び自らの得意とする専門分野において、天才や怪物と呼ばれる、選ばれし十の異端児達。彼ら、彼女らは既に学生という枠には収まっておらず、全国的な知名度や影響力を有しているメンバーも少なくない。

各界の第一線で活躍する著名人を輩出し続けるとんでもない制度だが、今年は更に輪を掛けて話題を呼んでいる。

過去最高の当たり年——今現在のメンバーは才覚、ビジュアル、クセの強さ全てにおいて『歴代最強の帝花十咲』と評され、間違いなく将来の日本を背負って立つ存在である、とメディアが報じた。

夕方の全国ネットニュースで、たかが一高校の生徒達が大幅な尺を取って特集される——これだけで『帝花十咲』と、それを擁する帝桜学園がいかに異質な存在なのかが窺《うかが》えるだろう。

しかし、ある意味それよりも異常な事態が一つ。

——そこに俺がスカウトされた事だ。

なんで？

……いやなんで？

………マジでなんで？

何回考えたって『なんで?』以外の言葉が浮かんでこない。

不運は不運なりに普通の公立高校で慎《つつ》ましく生きていたというのに……ある日突然怪しげな赤髪の女性が現れたと思ったら、担任、校長、両親といった外堀があれよあれよという間に埋められ、半ば強制のような形で転入手続きが為《な》されてしまった。

そして更に追い打ちをかけたのが、先程まで対面していたその赤髪の女性の言葉だ。


「『帝花十咲』をぶっ潰せ」


ありえない……帝桜にスカウトされただけでも信じられないのに、トップオブトップの十人を潰せ? ……ただの超不運体質でしかないこの俺に?

目立たないという事を人生の第一目標に置いている、この俺に?


「……………」


そうこうしている内に、教室のドアの前まで辿《たど》り着いてしまった。

まあその打診は断ったし、そもそも不可能だって事はすぐに理解してもらえるだろう。

まずはクラスに溶け込み……そう、ガチで溶け込んで、空気みたいな存在になる事を目指すとしよう。

方針が固まったところで、ドアを軽くノックする。

「お、来たか。じゃー早速入ってくれ」

教室内から担任の先生の反応があった。

「失礼します」

ドアを開いた俺に、一斉に視線が集まる。

何か昭和の番長みたいな学ランスタイルの男子、ドS感全開で圧倒的女王様オーラを纏《まと》う女子、机に仰向《あおむ》けになって熟睡する奴《やつ》——一見しただけでヤバいのが何人かいる。

まあでもクラスメイトが個性に溢れているのは、俺にとって好都合か。周りが濃ければ濃いほど、多少の不運をかましても俺が目立つ事はなくなるだろうから。

「そんじゃま、早速自己紹介してもらおうか」

担任に促された俺は、教壇に進み出る。

華々しい舞台で活躍するのは、才能ある人間に任せればいい。俺はただ、平凡で穏やかに生きていけなければそれでいいんだ。

「大供陽太《おおともようた》です。二年生の四月下旬からという半端な時期の転入ですが、よろしくお願いします……で、早速なんですが、一つ言っておきたい事があります。みんなにも迷惑をかけるかもしれないんで、把握しておいてほしいんですが、実は俺は——」

……………………ん？

そこで唐突に強烈な違和感が襲ってきて、俺は言葉を詰まらせた。

そして、続けざまに脳内に浮かんできたのは——

【選べ　①豚の真似《まね》をして四つん這《ば》いになる
　　　②女王様に踏まれる豚（人間）の真似をして四つん這いになる】

「なんで!?」

第一章　天使コロネは突き刺さりながらツッコまれたい

1

遡る事十数分前——

「『帝花十咲《ていかじゅっしょう》』をぶっ潰せ」

私立帝桜《ていおう》学園理事長室にて、その部屋の主である王神愛《おうがみあい》はよく通る声でそう告げた。

おかしい。モデル顔負けのスタイルと美貌を誇り、どう見ても二十代としか思えない人が理事長である事が。

おかしい。鼻にのった丸形のグラサン、身に纏うは深紅のスーツ、そして胸ポケットには真っ赤な薔薇《ばら》と菊——こんなふざけた格好をしている人が理事長である事が。

おかしい。椅子にふんぞり返り、机の上に足をのせたまま生徒を出迎えるような人が理事長である事が。

理事長といえば学校法人の経営を担う一番の権力者。現場の責任者である校長よりも更に立場が上の人間だ。

ましてや帝桜は誰もが認める日本一の高校なのに、そこの頂点がこれだっていうのはどう考えても異様だった。

そして何より言っている事がおかしい。

あの『帝花十咲』を……この俺にぶっ潰せと？

「あの……意味が全く分からないんですが……」

「おおそうか。まだ理由を説明してなかったな」

「い、いや、そうじゃなくてですね……」

「今の十咲は強すぎる」

こいつ全然人の話きかねえな……

「あまりにも絶対的すぎて他の生徒の心が折れてしまっている。十咲の座を奪ってやるという気概を持つ奴がほとんどおらず、見ててつまらん……マジでつまらん。なんとかして面白くしろ」

子供かよ……

「あの、理事長ってこの学園の経営者ですよね？　……つまらんとかそういう問題じゃなくて、学園の象徴である『帝花十咲』が強い方が経営的に安定すると思うんですけど……」

「否《いな》。競争のなくなったコミュニティーを待ち受けるのは緩慢な死だ。たとえそれが国であろうと企業であろうと学校であろうとな。現メンバーで固定化される前までは、熾烈《しれつ》な十咲争いが繰り広げられていた。まあ実に愉快な状態だった訳だが、今はどうだ？　どいつもこいつも不抜けた面《ツラ》ばかり……もしこのような事態が続くようであれば、帝桜の基盤が揺るぎかねないと危惧している」

一高校生である俺にはいまいちピンとこないが、そういうもんなんだろうか……

「だからといって牙の抜けた奴らを責めるのはちと酷だがな。それほどまでにあいつら十人の力は高校生離れしている」

「いやそんな化物集団、俺にどうにかできる訳ないじゃないですか……」

「それも否だ。お前をスカウトした私の目は絶対だ。見ろ、この雑誌にも書いてある。《王神愛が理事長に就任して以来、『優秀』だった帝桜学園が『卓越』した存在となっていった。過去最強と謳《うた》われる現『帝花十咲』も、十人中九人が彼女自身のスカウトによるもの――経営者としての手腕のみならず、人の才能を見出《みいだ》す眼力も併せ持った稀代《きたい》の傑物だ》と」

「理事長が手にしてるの競馬雑誌ですよね……絶対自分で言ってるだけですよねそれ」

でもここ十年くらいの帝桜の躍進を考えると、あながちビッグマウスとも言い切れないんだよな……

「仮に理事長の人を見る目が確かだっていうんなら、余計に意味が分かりません。俺が他人よりも突出した点があるとすれば、不運――マイナスの要素だけなんですから」

「はっ、本当に不運だけの人間かどうか――それはこれからお前を教室にブチ込めば明らかになるだろうさ」

これでもか、という程の悪人顔でニヤリとする王神理事長。

「……分かりました。百歩譲ってその能力があるとしましょう……だとしても、俺は十咲を潰すなんて事はやりません」

「ほう、なぜだ？」

「――目立ちたくないんです」

それは、俺の人生における唯一にして最大の目標。

「俺はひっそりと生きていきたいんです。前にいた学校のごく普通のスクールカーストにすらうんざりしていたのに、『帝花十咲』なんてそれの極地みたいなシステムじゃないですか。そんなド派手な連中と絡むなんて……ましてや潰すなんてまっぴら御免です。俺は、とにかく地味で平凡な人生を送りたいんですから」

安定、平穏、堅実、地道……なんて心が落ち着く言葉達だろうか。

「齢《よわい》十六にしてずいぶんと枯れた考え方だ。それは、幼い頃から不運に晒《さら》されてきた事による反動なのか――」

王神理事長はそこで一度溜めを作ってから、口を開く。

「家族の影響によるものなのか」

「――っ⁉」

「クハハ、図星のようだな」

「…………」

――そう、俺の両親は有名人だ。

それも、そんじょそこらの有名人じゃない。

非常に陳腐な物言いをさせてもらうならば――国民的スター。

「まあ偉大すぎる親を持った子が、真逆の道を目指すのは別に珍しい事ではないがな」

そうだ……俺は幼い頃から見てきた。その天性の才能で人を惹《ひ》き付け、魅了し、喜ばせる父と母の姿を――それと同時に、引き寄せてくるとんでもないトラブルの数々を。

俺は心に誓ったんだ。絶対に目立たず生きていこう、と。

「申し訳ありませんが、やっぱりお断りさせてください」

俺は王神理事長に深々と頭を下げた後、彼女に背を向けた。

理事長の意に背くような事をしては退学させられるのでは？　という不安もあるが、いくらなんでも自らスカウトしてきた人間を即座に放出なんて事は体面上やらな――

ガッシャーン！

「ぐあああっ⁉」

盛大な音と共に、臀部《でんぶ》に痛みが走る。

「な、なんだ……や、野球のボール？」

『も、ももも、申し訳ありませんんんっ！』

程なくして、窓の外からは泡を食った様子の声が響いてきた。

朝練中の野球部のボールが窓ガラスを突き破って俺のケツに直撃した？　……ど、どんな確率だよ……不運にも程がある。

「クハハ、構わん構わん。それ以上のものを見せてもらったから気にするな」

王神理事長は満足そうに白球を拾い上げ、階下の野球部員へと放り返す。

「いや、いきなり期待通りに楽しませてくれる。これで目立ちたくないとはよく言ったもんだな」

「ぐっ……」

「まあしかし、この程度の小さな不運が続くだけであれば、日本一の個性を誇る帝桜においては己を埋没させる事は可能かもしれんな――大方そのような算段で来たんだろう？」

「……なんでもお見通しなんですね」

「だから、稀代の傑物と競馬雑誌に書いてあると言ってるだろうが」

もう混ざっちゃってるじゃねえか……

「この程度のチンケな不運は前座にすぎない。傑物たる私の前で、ボールがケツにぶつかる――これを運命の始まりと言わずしてなんと言う！」

クソつまんねえダジャレと言います。

「感じる……私のヤベぇ奴《やつ》センサーがビンビンに反応しているぞ！　大供陽太《おおともようた》、やはりお前は『帝花十咲』を――そのシステム自体をぶっ潰しうる逸材だ！　私は生徒の才能に関する予感を外した事がない。ただの一度もな！」

「はは……だったら、俺が第一号ですね」

これは大供陽太という人間が、安定して、平穏で、堅実かつ、地道な人生を歩む物語なんだから。

2

そんな王神理事長とのやりとりを経た後の教室で——

【選べ　①豚の真似《まね》をして四つん這《ば》いになる
　　　②女王様に踏まれる豚（人間）の真似をして四つん這いになる】

「なんで!?」


ど、どうなってるんだこれは…………？

突如として頭の中に湧いてきたそれは、文字でも音声でもなかった。

情報が直接脳に降ってくる、とでも言えばいいんだろうか……とにかく無茶苦茶《むちゃくちゃ》な内容の選択を迫られている。

あまりにも非現実的だが、事実としてその選択肢は脳内に居座り、一向に消える気配をみせない。

まるで、早く選べと催促でもするかのように。

しかしながら当然、こんな無茶な内容に従う訳がない。

無視しようとしたその瞬間――

「ぐあああああああああっ！」

信じられない程の頭痛が襲ってきた。

ま、まさか…………強制的にどっちかを選ばないといけないとでも？

ふざけ――

「あひゃあああああああああっ！」

無理！　これ無理！　耐えるのとか絶対無理!!

「「「「…………」」」」

のたうつ俺とは対照的に、クラスのみんなはドン引きしていた。

まあ自己紹介中の転入生がいきなり奇声を上げて苦しみ出したら、そりゃこういうリアクションにもなるだろう。

ぐあああああああっ！　……え、選ぶしか…………ないのかっ？

「ブヒィイイッ！」

①を選ぶと決め、行動に移した瞬間。
頭痛は嘘《うそ》のように消え去ったが――

「「「「「え……？」」」」」

その代償として、みんなの目が点になった。

そして教室中がいたたまれない雰囲気に包まれ、そこかしこでヒソヒソ話が始まった。

「おい、予想よりヤベぇ奴が来たな」「ああ、始業式から二週ズレなんておかしなタイミングでの転入だからどんな天才かと思ってたが……ぶっ飛んでやがる」「てかウケ狙いにしてもイミフすぎんだろ……奇声もヤべえけど、なんで豚？」
ヤ、ヤバいヤバいヤバい！　いきなりめっちゃ目立ってる！　な、なんとか立て直さないと！
「ご……ごほん……うおっほん！」

俺はわざとらしく咳払《せきばら》いしながら立ち上がり、深々と頭を下げた。

「ごめんなさい！　憧れの帝桜に転入してきて、舞い上がって訳の分からない事をしてしまいました。不愉快な思いをさせてしまって本当に申し訳ない！」

「あれ？　意外と常識人なのか？」「ああ、話し方とかまともそうだよな」「まあウチに転入してくるなんて相当プレッシャーだろうしね」「てかよく見たら結構爽やかな顔してるんじゃない？」

よし……よし！　これはまだリカバリー可能だ。ここでビシッと修正し、俺が地味な人間だって事を印象付けられればイケる！

「それでは改めて……大供陽太です。さっき伝えたかったのはあんな事じゃないんだ。二次的な被害を防ぐ為《ため》に、是非とも知っておいてほしいのは——」

【選べ　①乳輪の色を公開する
　　　②乳輪そのものを公開する】

だからなんで⁉
馬鹿か！　……マジで馬鹿なのかコイツ！
②とかもう完全に警察案件じゃねえか……それに比べれば①は大分マシ——いやいやい

や、ひとっつもマシじゃないな。

なんか感覚が麻痺《まひ》しかかってるが、学園生活が終わるか人生が終わるかの二択でしかない。

だが――

「ぐっ……」

分かってるな？　とでも言いたげなジャブ的頭痛が発生する。

抵抗すればまた激痛が襲ってくるのは必至。

やるしか…………………………………ない。

「……サーモンピンクです」

「「「「？」」」」

断腸の思いで発した一言に、皆一斉に首を傾《かし》げる。

そ、そうか、そりゃそうだよな。主語がなければ何の事か分からないだろう。おお、これはもしかして乗り切った感じ――

「ぬぎゃあああああああっ！」

再びとんでもない頭痛が……ぐ……やっぱりそれだと明言しなければ駄目って事か。

「お、俺の…………………乳輪の色はサーモンピンクです」

「「「「…………え？」」」」


クラスメイト達の目は、再び点になっていた。うう……そりゃこうなるわな。

続いて担任の先生が何か、おそるおそるといった感じで――

「大供……どうしても伝えたかった事ってそれなのか？」

「そんな訳ないでしょうよ！」

思わず全力でツッコんでしまった。

「お、おう……」

俺の剣幕にドン引いたように後ずさる先生。

「あ、いや、すみません、取り乱しました……」

「き、気にするな……そういう事なら続けるか？」

「いえ……もういいです」

無理だ……ここから何を言おうともう挽回《ばんかい》は不可能だ。

「そうか……お前の席はあそこな」

「……はい」

俺は消え入りそうな声で返すと、ヨロヨロと指定された席まで向かう。

終わった……完全に終わった。

虚《うつ》ろな目で天井を仰ぎ、失意のまま歩を進めていると――

ズルッ！

「うおっ!?」

何かに足を滑らせ、尻餅をついてしまう。

「いてて……」

さ、最悪だ……脳内の謎の選択肢に加えて、不運まで……

ある意味いつも通りと言えるんだけど、何もこんな時に――

「な、なんて奴じゃ……」

俺の思考を遮るように、声を震わせる男がいた。

尻餅状態のまま顔を上げてみれば、その声の主は――

「お前……なんて男なんじゃ……」

先程目についた、番長みたいな格好をした生徒だった。

「どうした、石橋《いしばし》？」

「ああ、すまん先生。転入生の心意気に感動しちまってつい、な」

石橋と呼ばれたその男子は、尻餅をついたままの俺に手を差し伸べる。

「摑《つか》まれ転入生……いや、大供陽太よ。この石橋豪《ごう》を救ってくれた事に感謝するぜよ」

「？　……あ、ああ、すまない」

発言の意味はよく分からなかったが、その手を取り、立ち上がる。

「おいお前ら、こいつがとんだド変態だと思っとるじゃろ？　だがそれは大いなる誤解じゃあ！」

突如として大声を張り上げる石橋。

「「「「？」」」」

クラス中の皆の頭に疑問符が発生する中、一人の女子が代表する形で問いかける。

「石橋君。どういう事なの？」

「ああ……実はワシは、転入生が来る事を事前に知らされておった。これでもクラス委員じゃからな」

え？　……こんな番長みたいな奴《やつ》がクラス委員なのか……さすが規格外の帝桜だな。

「こんな半端な時期での転入じゃ。転入生の内心は不安でいっぱいに違いない。そいつを少しでも和らげる為に、ワシはサプライズプレゼントを用意した」

めちゃくちゃ優しいな番長……俺は、その格好だけで色眼鏡で見ていた事を反省した。

石橋は床に落ちていた『犯人』を拾い上げ、俺の前に掲げる。

「それがこの『月刊俺のチクビ』じゃ」

「なんて⁉」

「ああ、説明せんと分からんよな。自分で言うのもなんだが、不肖この石橋豪——世界最大手の男性用チクビケアメーカーの跡取り息子なんじゃ」

「どんな御曹司だよ！」

「という事で、お前に贈るプレゼントが、我が社の系列出版社が発刊する『月刊俺のチクビ』である事は必然だったんじゃが——」

「いや、必然性ゼロだろ……もらう側が言うのもなんだけど、もっと他のがあったでしょうよ……」

「なんじゃと貴様！　ライバルメーカーのチクビ雑誌の方がいいと抜かすか！」

「その『他』じゃねえよ！　てかチクビ雑誌が複数あるのにビックリだわ！」

「ふん……まあいいじゃろう。まあとにかく、サプライズを事前に仕込んでいた訳じゃが、ここでワシは致命的なミスを犯す」

石橋は嘆息しながら、言葉を紡いだ。

「……手違いで七十代向けの『月刊俺のチクビ』を準備してしまったんじゃ」

「年代別で出てんのかよ！　どんだけ細分化されてんだ！　出版不況どこいった！」

俺のツッコミを全く意に介さず、石橋は自分の世界に浸り続ける。

「その特集は『儂《わし》の乳輪を、若かりし時代のサーモンピンクへ』じゃ」

「ま、まさか石橋君……」

先程の女子が、何かに気付いたように手のひらで口を押さえる。

「そうじゃ。床に落ちてしまったそれを教壇から目撃した大供は、全てを察した。そして、ワシに恥をかかせない為に……それは間違っているぞ、と気付かせる為に、メッセージとしてわざわざ自分の乳輪の色をサーモンピンクだなどと宣言したんじゃ」

いやいやいやいやいやいやいやいや……

そんな訳ないでしょ……それだけで察せられる訳ないだろうが。

最近疑《うたぐ》り深《ぶか》すぎる名探偵でもその段階ではまだ『あれれ〜、おっかしいぞ〜』とか言い出さないレベルだ。

「だが、そこまでされてもワシはまだ己の間違いに気付けなかった。そもそも雑誌を床に落としている事にすらな。そこで大供はわざとそれを踏み、滑って転んでワシだけにその存在を認識させた……………………これが今この教室で起こった事の全てじゃ！」

…………全て間違っているんですが大丈夫でしょうか。

「しかもじゃ！　ワシが言い出すまでこいつは弁明するそぶりすら見せなかった……変態の誹《そし》りを受けてでも、ワシの面子《メンツ》を優先してくれたんじゃ……これを真の漢《おとこ》と呼ばずしてなんと言う！　まだこいつの人間性を疑う奴がいればワシが相手になっちゃるわ！」

「あ、あの石橋君にそこまで言わせるとは……」「すごーい！　石橋君が認めるんなら間違いないわね」「ぐ……ヤべぇ奴だと疑っちまった自分が情けねえぜ！」

も、もしかしてこれは……いい流れなのか？

「クラス委員、石橋豪の名において宣言する！　大供陽太は今、この瞬間からワシらの仲間じゃあ！」

石橋のその檄《げき》を皮切りとして――

「大供！」「大供！」「大供！」「大供！」「大供！」

二年一組は謎の俺コールに包まれた。

ど、どうなってんだこれ……

謎の選択肢に翻弄され、そこに不運まで重なって、絶望の学園生活になるかと諦めていたのに、一転してこの状況……

勿論《もちろん》ただの偶然だろうけど、こんなラッキー展開は今までの人生で起こった事がない。

よし……俺の不運の事を周知しておくのは、このタイミングをおいて他にない！

「ありがとうみんな！　そして、さっきからずっと伝えたかった事をここで言わせてくれ！　実は俺は――」

【選べ　①間違えて母親のパンツをはいてきてしまったと告白する
　　　　②間違えないで普通に母親のパンツをはいてきたと告白する】

「言えるか！」

3

四限目が終了しての昼休み。

「…………………うう」

俺は一人、屋上で頭を抱えていた。

なんだ？　……一体あれはなんなんだ!?

突如として脳内に現れた、絶対的強制力を伴う選択肢――

あいつのせいで、俺の平穏な学園生活は終わりを告げた。

クラス委員石橋のおかげ（?）で一時は大幅に回復したかにみえた俺の株も、母のパンツ宣言によって一気にストップ安にまで下落した。

みんな俺を遠巻きに見ながら、ヒソヒソヒソヒソヒソ……朝のＨＲ以降話しかけてくれる人間は誰もいなかった。

不運か？　……ひょっとしてあれも、新しい形の不運って事なのか？

……いや、それは何かちょっと違和感があるな。いつもの不運はもっとこう――


ビチョッ！


鳥のフンが、肩に直撃した。

そうそうこれこれ。これがいつもの不運だよ。この感じ、なんか安心す――

「いや安心してどうすんだよ……鳥のフン落ちてきてんだよ……」

思わずノリツッコミをしてしまったが、確信する。

あれは、違う。

あの脳内選択肢は、いつもの不運とは別種の何かだ。

ただの直感でしかないが、不運歴十数年の経験からして間違いない。

でも、だったら一体――

【選べ　①美少女が空から落ちてくる
　　　　②びしょびしょのジョーが空から落ちてくる】

「ジョーって誰だよ⁉」

思わず反射的に叫んでしまったが、まただ……またこの選択肢が出てきた。

こいつはマジでなんなん――

「ぐあああああっ！」

ぐ……催促の頭痛も変わらないか…………………まあどちらかと言われれば、濡《ぬ》れてるジョーより美少女だよな。

そんな感じで①を選び取った直後――

「え？」
何やら気配を感じ、顔を上に向けると、何やらキュピーン、と光る物体が。
う、嘘《うそ》だろ……ほんとに落ちてくるのか、美少女が？
だ、だったら受け止めてやらないと大変な事になるぞ！
えっと……まずは大体の位置を予測して、その上で何かマットみたいなものを探して
──って速っ!?
ちょっ……マ、マットなんか探してる場合じゃない！　これ直接受け止めるしかな──

ドゴシャアアアアアッ!!


「う、うわあああああああああっ！」

さ、最悪だ！　…………最悪だあああああっ！

あ、あの勢いで叩《たた》き付けられたら生存は──絶望的。

……あまりの事態に呆然《ぼうぜん》と立ち尽くす俺。

そうしている内に、舞っていた粉塵《ふんじん》が薄くなり視界が確保される。そして俺の目に飛び

込んできたのは――

「…………足？」

足だった。

正確には地面から生えている足だった。

もっと正確には逆さのまま上半身がコンクリに突き刺さり、そこからVの字に生えている足だった。

……………………………………………………どういう事？

何度見直しても、目の前に広がる光景が理解できなかった。

いや、頭では分かっている。一刻も早く救急や教師に連絡しなきゃいけない事は。

しかし、絵面があまりにもシュールすぎて脳と身体《からだ》がフリーズしてしまっ――

「ねえねえ、そこの君」

「シャベッタアアアアアアアアアアアアアアアアアアッ!?」

い、生きてるっ？　……う、嘘だろっ……あの高さから落ちて無事なはずがっ……

「ふっふっふ。今、君が一番疑問に思っている事を教えてあげよう」

口の部分はコンクリートに埋まってしまっているので大分くぐもっているが、おそらく同年代程度と思われる女の子の声が、はっきりと聞こえた。

「なぜスカートがめくれず、重力に逆らってパンツが見えないようになってるのかをね」

「そこは今どうでもいいわ！」

たしかにスカートの状態は不可解だが、優先事項が下の下すぎる。

「そ、そんな事より大丈夫なのかっ！　……大丈夫なのかコレッ？　……はっ！　そ、そうだ！　救急車！　救急車を呼ばないと！」

「あはは！　そんなのいらないよー。ほら、こんなにピンピンしてるし」

その女の子（？）は、足をブンブンと動かして、Vの角度を狭めたり広げたりしてみせた……やっぱりシュールすぎる。

「げ、元気なのは分かったが……そもそもそれ以前に、生きてるのがおかしいだろ……」

「ま、そりゃそう思うよねぇ。このまま説明するのもなんだから、ちょっと抜いてくれるかな？」

「抜くって……俺が？」

「そーそー。さすがに自分じゃ出られないからね。あー、もうちょっと考えればよかったなー。君へのサービスとはいえ、しょっぱなからやりすぎたかも」

「サ、サービス？」

「そうそう。君って絶対『頭から床に突き刺さった女』ジャンルのセクシービデオ好きでしょ？」

「ニッチすぎるだろ！　どこ探してもそんなカテゴリータブねえよ！」

「なんだ違ったのかー。ま、とりあえず抜いてくれる？」

「あ、ああ……」

俺は混乱しきったまま、その子の傍《そば》まで寄っていく。

「さ、触るぞ……」

俺はおそるおそるといった感じで、腰に手を回す。

「あはは！　なんか気ぃ遣いすぎて逆に変な触り方になってるー。さてはドーテーだな」

……悪かったな。

どうやら相当ふざけた性格みたいだけど……ともかく抜かない事には話が進まない。

「あっ！」

俺が力を込めた瞬間、少女は嬌声《きょうせい》を発した。

「わ、悪いっ……」

想定外の反応に、俺は慌てて手を離す。

「だ、大丈夫……ちょっとビックリしちゃっただけだから続けて平気だよ」

「あ、ああ、それじゃあ……」

俺は再びその身体に手を回し、力を込め――

「あんっ！」

「――っ⁉」

さっきよりもはるかに過敏な反応に、思わず俺ものけぞってしまう。

「そ、そんなに変な触り方したか、俺……」

「はぁっ……はあっ……こ、こっちこそごめん……見えないから余計に敏感になっちゃって……でも、私が感じやすいのは正体が正体だから、仕方無いんだよね……」

「正体？」

「そう。私って実は人間じゃないんだ」

「は？」

「だって、ただの人間があの高さから落ちて、無事でいられる？」

そ、それはたしかにそうだけど……

「実は私、とあるものが擬人化した姿なんだ」

擬人化……それってあれだよな？　アニメとかゲームでよくある、戦艦とか動物とかが美少女になってる――目の前のコレがそれだと？

そ、そんな非現実的な事がある訳が……ただ、コンクリに頭から突っ込んでピンピンしてるのもまた事実。

「し、信じられるかどうかは別として……一体なんの擬人化なんだ？」

「『エロい形の大根』」

「どこに需要があるんだそんなもん！」

こ、こいつ……変な声出してたのも絶対わざとだな……もういい、雑に抜いてやるわ！

ズボォッ！

「おっ？　抜けた抜けたーっ！　いやー助かったー。やっぱりシャバの空気はうまいぜぃ。あんがとねー」

立ち上がり、背伸びをする少女の姿を前に俺は――

「……………………」

思わず固まってしまっていた。

その存在が、あまりにも完璧すぎたから。

出るところは暴力的に出て引っ込むべきところはこれでもかと引っ込んでいる、理想的なプロポーションだし、その顔立ちも異様なまでに整っている。

アイドルや女優のようなかわいさ、綺麗《きれい》さとはまた違う。異様に整ったと表現したけど……それでも足りないくらい、整いすぎている気がする。

何か人間離れしているというか、この世ならざる雰囲気というか……非常に陳腐な喩《たと》えになってしまうが、まるで天s――

「あ、まだ自己紹介してなかったね。何を隠そうこの私は――お空の上からやってきた天使なのでーす！」

て、天使？　……いや、実際俺もそういう感想を抱いてたけども、それあくまで見た目の神々しさに対する比喩であって、頭の上に輪っかが浮いてるアレを想像していた訳じゃない。

「お、その顔は信じてないな？　うんうん、分かる分かる。そんなに簡単には受け入れられないよねー。じゃあ私が天使である証明として、世界中で君しか知り得ないであろう事をズバリ指摘しちゃおっかなー」

そして彼女は自らのこめかみに人差し指を当て、とんとん、と小突いた。

「脳内に発生した選択肢」

「――っ⁉」

な、なぜそれを？　まだ誰にも口外していないのに……それこそ俺の頭の中を覗《のぞ》きでもしない限り、不可能な所業だ。まさか本当に……人知を超越した存在だってのか？

「ふふん、信じてくれたかな？　じゃあ改めて挨拶するね。私の名前はコロネ。キミの為《ため》に馳《は》せ参《さん》じた正真正銘の天使ちゃんなのでーっす」

コロネと名乗ったその少女は、自分でぱんぱかぱーん！　と口にしながらおどけたポーズを決める。

「お、大供……陽太だ」

「うんうん、よろしくね、陽ちん。私は天界から君の全面的なサポートを仰せつかってるから、なんでも相談してちょ」

「テンカイ？　……ああ、天界って事か。俺のサポートって……脳内の選択肢に関してって事だよな？」

「うん。あれは天界由来の『呪い』――本来、人間界に存在しちゃいけないもの。私の目的はその『呪い』の解消なんだ」

「『呪い』、か…………ん？　待てよ。じゃあひょっとして、俺が今までめっちゃ不運に見舞われてきたのもその『呪い』の一部って事なのか？」

「あ、違うんだなーそれが。キミの不運は超常現象まったく関係なーし。ただ単に、天文学的確率で運が悪い人ってだけだね」

……………………………そうですか。

あんまりな真実に落胆した矢先――

ビチョッ。

鳥のフン、肩に直撃。

「ぐっ……しかもさっきと同じ場所に……まあ二連続なんて珍しくもないけどな……」

「あ、陽ちん、それは少し違うかも」

「え？」

「先についてた白いフンとは違って、今のは透明でキラキラしてるよね――それ、オーラ的に天界の住人の分泌物だよ」

「分泌物？」

「そうそう。稀《まれ》に人間界まで降ってきちゃう事があるんだよね。でもほんとに、たまーにだから超レアもんだよ、それ」

「た、たしかに、この世のものとは思えない輝きを放ってるな……もしかして、天使の涙とかだったりするのか？」

「神様のゲロだね」

「なんて⁉」

「God《ゴッド》 of《オブ》 woro《ウオロ》だね」

「なんかゲームみたく言ってんじゃねえよ！」

　俺は全力で神の吐瀉物《としゃぶつ》をゴシゴシした。

「それにしても実際に見ると、本当にひどいね。この不運が天界の力関係なく、偶然だっていうんだから本当に驚きですなぁ」

「いや天界モロに関係してるだろ……神が直ゲロしてんじゃねえか……」

「でもこれはただ単に飲みすぎた故の粗相であって、この不運に超常的な力は一切絡んでないんだよね、これが。それは天界としての確かな見解」

　要はさっき言ってた通り、純粋にめっちゃ運が悪いだけって事ね……

「でも、脳内の選択肢に関してはそうじゃないのですよ、お兄さん。あの『呪い』は自発的に起こるようなものじゃなくて、明確に何者かの意思が介在してるんだよね」

「何者かの意思……天界側ではその犯人の目星はついてるのか？」

「うんにゃ、残念だけどまだ。でも実は以前に、同じような事象が発生した事があったの。その件はもう完全に終息してるけど……そこで呪いを科せられたのは陽ちゃんと同じ高校生で……まあその人は君同様、Mっ気のある人だったから、苦労しつつもなんとか普通の高校生活を送れてたんだけどね」

……勝手にM認定しないでもらえますかね。

「ただその人の場合、科せられていたのは脳内の選択肢だけだった。でも陽ちんの場合は、そこに持って生まれた不運も重なるんだよね。正直、一個人が抱えられる範囲を超えてるでしょ？　陽ちんの精神がキャパオーバーしないようにお助けするのも、私の任務の一環って訳なんだな、これが」

「なるほどな、サポートってのはそういう事だったのか……」

「うん。だから辛《つら》くなったら私に相談してねー……Hな事して癒やしてあげるから」

「は？　……エ、エッチていきなりなに言ってんだお前……別にそんな事されても癒やされる訳じゃ――」

「ほんとにぃ？」

「――え？」

コロネの顔が、目の前にあった。

「オトコノコがてっとり早く元気出るのって……やっぱりH《エッチ》ぃ事だよね……」

甘い……蠱惑《こわくてき》的な香りに、脳がぐわんぐわんする。

「いいんだよ。いままで辛い事ばっかだったんだから……ちょっとくらいイイコトがあっても」

コロネの指が、俺の首筋をつつ、となぞる。

「Hな事……しよ？」

「ば、ばばば、馬鹿言うな！　そういうのは好きな人間同士がする事であってだな……」

「大丈夫……私、天使だからノーカウントだよ」

「そ、そういう問題じゃ……」

「ふふ、素直になりなよ……まあ陽ちんが拒否するっていうんなら……勝手にHな事させてもらうね」

コロネは俺の両頬を、自らの両手で包み込んだ。

「なっ……」

力が……力が強くて振りほどけない。

「よ、よせっ！　こういうのは無理矢理《むりやり》じゃ駄目だ！」

「ごめんね……陽ちんが嫌でも、私がHな事シたくなっちゃった」

コロネの唇が俺のそれに迫り――

「や、やめろおおおおおおおおおっ！」

「はい、おしまい」

「……え？」

唇と唇が触れる寸前で解放される俺。

「……お、終わり？」

「あれあれ〜？　どうしたのかな陽ちん。やめろとか言ってたくせに、ほんとは期待しちゃってた？」

「ば、馬鹿言うな！」

恋人同士でもないのに嫌だったのは本当だ……でも、一％も邪念がなかったかと言われると……俺だって年頃の男子高校生だ。こんなに綺麗な女の子からエッチな事エッチな事言われたら、心はともかく身体《からだ》は反応してしまう。

「でも私は嘘《うそ》ついてないからねー。Hな事、もうシたし」

「え？」

「うん。『HU〇TER×HUNTE〇の連載再開を心の中で祈る事』」

「そんなもん全国民が毎日やってるわ！」

こ、この野郎……いや野郎ではないんだけど……いくらなんでもおちょくりすぎだろ。

俺が抗議の声を上げようとしたところで——

「でもさ、『大供陽太の精神が限界を迎えないようサポートせよ』ってのは本当なんだ」

コロネの声のトーンが、少しだけ変わった。

「ごめんちゃい。ちょっとからかいすぎちゃったけど、なんか楽しい事して元気になってもらいたかったのは本心なんだ。だから、本当に辛くなったらいつでも言ってね。私はずっと陽ちんの味方だからさ」

相変わらずのおちゃらけた感じではあったが、その目に偽りの色は感じられなかった。

「……そっか。たしかに事情を知ってくれてる存在が一人いるだけで、大分心が軽くなるよ――でも、コロネが心配しているような事態にはならないと思う」

「え？　そーなの？」

「ああ。決めてるんだ――この不運のせいで、その場その場で落ち込む事や腹立つ事はあるだろうけど、ひきずらないって。理不尽な何かのせいで暗い人生を送る事だけは絶対にしないって」

「おおー、ポジティブですなあ」

陰キャっぽくなって一人でドヨドヨしてたら悪い意味で目立つからな。俺の人生の目標である『目立たない』を保つ為には、いちいち落ち込んでなんかいられない。

「だから大丈夫。不運が襲ってこようがそこに『呪い』が加わろうが、俺が下を向いて生きる事は決してな――」

【選べ　①コロネに『踏んでください』と懇願しながら土下座する
　　　②コロネに『ヨダレ垂らしてください』と懇願しながら仰向《あおむ》けで口を開ける】

「物理的に下を向かせるのは汚ねえだろ！」

　てか②は上級者すぎないですかね！

　……だが不幸中の幸いなのは、相手が選択肢の事情を把握しているコロネだという点だ。しかも懇願するだけなんで、それが実際に行われる訳じゃない――土下座の屈辱感だけ我慢すれば、実質ノーリスクだ。

　俺は四つん這《ば》いになり、床に額を擦りつけた。

「踏んでください」

　むぎゅっ！

「いやなんで踏んでんだ⁉」

「だって、選択肢で言わされてるのか素で言ってるのか分かんなかったから」

「分かるだろ！　俺の事なんだと思ってんだ！」

「ドM」

「でしょうね！」

「あはは一、じょーだんじょーだん。靴も脱いだし、ほんとにソフトに足裏でタッチしたくらいだったでしょ。メンゴメンゴ」

「お前ほんといい性格してんな……」

しかしこの選択肢……マジで最悪だ。

不運の方は深刻な被害が出た事はないけど、選択肢の方は今後どうなっていくか分からない……というか現時点でも二択の内の片方はほとんどが即アウトなものばかりだ。

「……コロネ。できるかぎり早く原因を突き止めてほし――」

【選べ　①飛んできたカラスのくちばしが肛門《こうもん》に突き刺さる
　　　　②飛んできたクラスの石橋が肛門に突き刺さる】

「あんな番長が突き刺さったら死ぬわ！」

ふざけんな！　こんなのどっちも選べる訳ないだ――

「ぐあああああああっ！」

直後、筆舌に尽くしがたい頭痛に襲われる。

だ、駄目だ……選ぶしか……………………ない。

俺が泣く泣く①を選んだ瞬間——

「カアーッ！」

う、嘘だろ？　……それまで影も形もなかったカラスの鳴き声がっ……

「う、うおおおおおおっ！」

おそらくは無駄だと分かりながらも、俺はカラスに背を向けて猛ダッシュで逃走する。

い、嫌だ……結果、突き刺さる事になっても、少しでも先延ばしに——

ズルッ！

「おわっ⁉」

こ、こんな時に……バナナの皮だとっ！

最悪のタイミングで選択肢と不運のコンボをくらい、前のめりに倒れ込む。

しかも反射で手を突き出してしまったもんだから、四つん這いのような状態に。

ま、まずい！　……突っ込んでくるカラスに対して、ケツを突き出すような形になってしまっ——

「あんぎゃあああああああああっ！」

太くて固いものが、奥まで入ってきた。

「う……ううう……しくしく……」

何か大切なものを奪われたような気分になった俺の目には、うっすらと光るものが。

おケツが……おケツが張り裂けそうに痛い。

四つん這いで突っ込まれた為《ため》、おそらく立ったままやられた場合よりも深く突き刺さったに違いない。

くそっ……選択肢と不運が合わさった事でより最悪な結果になるとは……

「カ……カア……カア…………ア……」

「ん？」

弱々しい声が聞こえてふと目を向けると、そこには力なくふらつくカラスの姿が。

そして――

「エロエロエロエロ！」

思いっきりゲロった後に、ヨロヨロと飛び去っていった。

「な、なんかカラスにも悪い事したな……ん？」

カラスの吐瀉物《としゃぶつ》の中に、何かキラキラするものが混じっているのが見えた。

「なんだ……あれ？」

「なんか宝石っぽくない？」

「え？」

「あ、間違いないよ。すっごくちっちゃいけどこれ、本物のダイヤだね」

「は？　……ダ、ダイヤって……あのカラスが飲み込んでたって事か？」

「そうだね。陽ちんのおケツがあまりにも臭かったから吐き出しちゃったみたい」

ほっとけ……

「ところで陽ちん、あのカラスって選択肢で出てきたんだよね？　どんなのだったの？」

「あ、ああ……あれはたしか①が——」

俺は問われるまま、選択肢の内容をコロネに告げる。

「ふむふむ。そのあとで不運が発動して、バナナの皮で滑ったと……そのせいで普通よりも陽ちんのおケツの角度が整ってしまって、カラスのくちばしが深く突き刺さる事になった……その結果、カラスが臭さに耐えられなくなって、ダイヤを吐き出したんだね」

改めて言葉にすると、起こっている事象がアホすぎるな……

「ま、できすぎた偶然だろうけどな。とにかくこれは警察に届けるとして——」

「……んー、偶然じゃないかもしれないよ」

「へ？」

「ねえ陽ちん、ちょっと写真撮らしてもらっていい？」

「写真？　……まあいいけど……」

でもなんで急に？　なんか話が繋《つな》がってる気がしないいんだが……

「オッケー、じゃあ四つん這いになってアナ○見せてー」

「なんで⁉」

「え、だって撮っていいって言ったじゃん」

「いや普通、顔の事だと思うだろ……なんでそんな汚い場所写そうとしてんだよ」

「あ、だいじょぶだいじょぶ。鬼連写して画質が一番綺麗《きれい》なの使うから」

「むしろ解像度高い肛門の方が汚ねえだろ！　誰がそんなもん写させるか！」

「ぶーぶー。ケツの穴がちっちゃいなー」

ちょっと上手《うま》い事言ってきてイラッとする……

それにしてもこいつ……まともじゃないとは思っていたが、いきなり肛門の写真撮らせろ、はいくらなんでもヤバすぎる。

「あ、まだ理由を説明してなかったね。今の宝石絡みの件の時、陽ちんのおケツ周辺でなーんかオーラが歪《ゆが》んでたような気がしたのね。だから、そこの写真を撮って天界の解析班に見てもらおうと思って。さっきはふざけてアナ○って言ったけど、そんなにピンポイントじゃなくて、服の上からのおケツ全体でオッケーだから」

「いや、だった最初からそう言えよ……」

「にゃはは、そういう事でパシャリ。んでこの画像を送信…………っと」

コロネがスマホに似た端末を操作してからものの一、二分後――

「お、結果が来たようだぜぃ」

「は、早いな……」

「解析班の人達、チョー優秀だからねー。どれどれ…………あー、なるほどぉ」

「何か分かったのか？」

「あ、ちょっとややこしかったけど今のは『あー、なるほど』って言ったんであって、『アナ○掘ろう』って言った訳じゃないからね」

「何もややこしくねえよ！　そんな事カケラも想像しなかったわ！」

「にゃはは、ま、ふざけるのはこの位にして、本当の解析結果を教えてしんぜよう――陽ちん、算数でマイナスとマイナスを掛けるとどうなる？」

「？　……プラスだろ？」

「そう。さっきのもつまり、そういう事なんだってさ。バナナ《マ》の皮《イ》で滑《ナ》る《ス》とおケ《マ》ツに嘴《イ》が刺《ナ》さる《ス》が掛け合わさる事によって、ダイヤ《ブ》が吐《ラ》かれる《ス》に変化したって事」

「は？　……な、なんだその無茶苦茶《むちゃくちゃ》な話は……」

「解析班の人達も理屈は分かんないみたい。ま、『呪い』に関しては天界にとってもオーパーツ的な存在だからねー……まあとにかく今後、不運と選択肢が近いタイミングで発生した場合、各々では悪い事が起こっても、それらが組み合わさると、奇跡的な相乗効果でハッピーになりますよ、って事だね」

そ、そういえば、さっきの教室の石橋のチクビ案件もそうだったような……あまりにも都合がよすぎると思ってたけど、そういう事だったのか……

「ん？　……じゃあこれから俺は、不運にも選択肢にも怯《おび》えなくっていいって事だな！」

「あ、それはね――」

ビリッ！

突如として、下半身の方からものすごい音がした。

「チ、チャックが外れかかってる？　な、なんでだ？　別に今、変な力をかけたりしてないのに……」

「あー、さっき前に転んだ時に、変な風にひっかけちゃったんじゃないかな？」

ふ、不運だ……後ろに穴が空いているのに前までオープンに……

そしてこれはバナナで転んだ事による二次被害……不運が不運を呼ぶ最悪の展開だ。

「はあ……とりあえず早いとこ縫わないと――」

【選べ　①以前に助けたツルが、かわいい女の子になって恩返しにくる
　　②カラスの群れが、臭い物を嗅がされた仲間の復讐《ふくしゅう》にくる】

「ねえよ！　ツルを助けた事なんてねえよ！　実質一択じゃねえか！」

思わず叫びながら②を選び取った瞬間――


ギャア、ギャア、ギャア、ギャア、ギャア。


突如として響き渡る、無数の鳴き声。

「うっ……」

見上げてみれば、そこには空を埋め尽くす程のカラスの群れが。

「な、なんだこいつら……なんか殺気立ってないか？」

「あーなんかヤバそうな雰囲気だねー」

「ふっ、まあでも恐るるに足らずだな。なんたって天界の解析班のお墨付きだからな！」

「あ、陽ちん、それなんだけど――」

「むしろ楽しみかもな。チャック《マイナス》が外れたのとカラス《マイナス》の復讐で、どんなプラスが生み出されるのか」

「あー、聞いて聞いてお兄さん。解析班の追加報告によると『負の乗算現象は非常に不安定なオーラバランスの上に成り立っている。よって、不運と呪いの掛け合わせによるプラスへの転換は確定している訳ではなく、ランダムである』だって」

「……え？」

それってつまり……ただ単純にマイナスが連続するだけで終わる場合もあるってこ——

「「「「ゴガアアアアアアアアアッ！」」」」

俺の目に映ったのは、黒い弾丸のように飛び込んでくるカラスの皆様で——

「う、うわああああっ！　ちょ、やめっ！　そ、そんなとこ、そんなとこつつくな！　駄目、そこは駄目！　おい、ちょ、ま！　マジで、おまっ……や、やめっ……ま、前と後ろ同時はらめえええええええええええええっ！」

第二章　御羽家月花はヒロインなのに、話のメインは男のパンツ

1

「うう……」

あのカラス達……相当なテクニシャ——じゃなくて、凶暴さだったな。

教室に戻った俺は、まだ痛むおケツとアソコをさすりながら周囲を見渡す。

四月下旬ともなれば当然、クラス内では既にグループが形成されている。その規模は大中小様々だが皆チラチラと視線を送ってくるのみで、俺に声をかけてくれそうなグループはありそうにない。

まあ無理もないよな。母親のパンツをはいてる宣言をした奴《やつ》なんて——加えてなぜかいきなり下半身だけジャージになってる奴なんて、不気味すぎて誰だって関わりたくない。

だがマズい……この状況は相当にマズい。転校初日にやらかして孤立するなんて、悪手もいいとこだ。

俺の忌避する『目立つ』っていうのは何も、笑いをとって盛り上げたり、部活で功績を

あげたりっていうプラスだけの話じゃない。マイナス方向にだって振り切ってしまえば十分に悪目立ちする……そう、今の俺みたいに。

　俺が目指しているのはカースト上位のリア充でもなく、常に一人で読書しているような孤高の存在でもなく……賞賛とも批判とも無縁で、ほどよく学園生活を謳歌《おうか》しているような中間グループに属する事だ。

　でも、そのプランはかなり難しくなったと言わざるをえない。不運や選択肢といった不確定要素まで絡んでくるとなれば、ここから巻き返すのは正直絶望的――

「こんにちはっ」

　不意に声がして振り向くと、そこには満面の笑みを浮かべた少女が立っていた。

「あ、ああ、こんちは…………君は？」

「私、御羽家月花《みはねやげっか》っていいます！」

　その子は快活に白い歯を覗《のぞ》かせる。

「ミハネヤ？」

「ああ、想像しづらいですよね。御中の御に鳥の羽に家で御羽家。お月様にフラワーの花で月花です」

「御羽家……月花か」

「はい！」

御羽家と名乗った少女は、屈託のない表情で頷《うなず》く。

「ええと……俺に何か？」

「大供《おおとも》さん、よければ私とお友達になってくれませんか？」

「え？　…………………………マジで？」

「はい、マジですっ！」

な、なんという願ってもない展開だ！　早々に孤立しかけていた身としては、こんなにありがたい事はない。

……………いや、でも待てよ。

「御羽家、自分で言うのもなんだが……いきなりあんな事やらかした俺と、どうして友達になろうなんて思ったんだ？」

しかもこんなにかわいらしい女の子が、だ。普通ならドン引きしててもおかしくない。

「あはは、教室の人間関係を円滑に保つのは私の使命ですから」

「使命？　ああ、もしかして女子のクラス委員だったりするのか？」

「いえいえ、違いますよ。それはあそこのグループの中心にいる眼鏡《めがね》の子です。大供さんにドン引きしていましたから、おそらく話しかけてはこないかと」

……ですよね。

「ま、まあそれはしょうがない……でも、クラス委員じゃないなら君は？」

「『帝花十咲《ていかじゆっしょう》』です」

「――っ⁉」

な、なんだとっ……

ＴＶで特集していたのは知ってたけど、スマホをいじりつつのながら聴きだった為《ため》、個別のメンバーまでは把握してない。まさかいきなりこんな所で遭遇するとは……

たしかに顔はかわいくて愛嬌《あいきょう》も抜群だ。使命だかなんだか知らんが、見ず知らずの俺に手を差し伸べてくれるんだから性格もいいんだろう。これに加えて何かしらの才能を有してるんなら、日本最高峰の高校生だっていうのも納得できる話だ。

そして言動からして明らかにコミュ力が高そうだ。彼女と親交を深めることができれば、他の生徒との橋渡しをしてもらえるかもしれない。

……懸念としてはこの子が『帝花十咲』であるという事。

本来、そんな目立つ立場の人間との接触は絶対に避けるべきだが……今の俺にはそんな贅沢《ぜいたく》を言ってる余裕はない。このままぼっち街道を突き進むよりかは何倍もマシだ。

「……恩に着るよ、御羽家」

「いえいえ、当然の事をしてるだけですから」

御羽家はまたにっこりと笑う……めちゃくちゃいい奴だな。

「しかしすごいよな。『帝花十咲』っていったらもう芸能人みたいなもんだろ。俺はあんまり詳しく観《み》てなかったんだけど、この間のニュースで特集されてたよな？　あれとは別に取材とか色々受けてるんじゃないのか？」

「あはは、他のメンバーにはそういう人もいますけどね。あのニュースは学校側にどうしても、って要請されたんで頑張って出ましたが、その他は基本的に全部お断りしています。私、そういうのちょっと苦手で……目立つ事自体があんまり好きじゃないんです」
マ、マジか……『帝花十咲』に選ばれるような子が自分と似たような考えを持っているとは……俺は御羽家に少しシンパシーを抱いてしまう。
「でも対外的な露出はなくても、校内じゃ注目の的じゃないのか？」

「はい。『帝花十咲』である以上、全校生徒の模範となり、いついかなる時も完璧である事が義務付けられます。言動には常に気を遣って生活しなければなりません……最近それにちょっと疲れてしまって……」

御羽家はそこで、少し困ったように笑う。

「さっきは使命なんて大それた事言いましたけど……実は嘘《うそ》なんです。クラスの——校内の誰もがみんな私の事を『帝花十咲』として接してくるのが辛《つら》くて……御羽家月花として見てくれるお友達がほしかったんです」

「御羽家……」

「ごめんなさい……こんな打算だらけの理由で、幻滅しましたよね」

「え？　いやいや、そうじゃなくて……ただ、ちょっと驚いたんだ」

「驚いた？」

「ああ。偏見で申し訳ないんだけど、『帝花十咲』なんてみんな化物とか超人の類いだと思ってたんだ。でも、話してみたらいい意味でなんか普通の女の子だと思って……まあ、とにかく経緯なんてどうでもいいって。あんな事やらかした俺に声をかけてくれただけで、ほんとにありがたいよ」

「大供さん……」

「俺でよければよろしく、御羽家」

俺が手を差し出すと、曇っていた御羽家の表情に笑顔が戻った。

「は、はい！　こちらこそよろしくお願いしま——みぎゃあああああああっ！」

「ど、どうした急に⁉」

急にとんでもない声で叫びを上げた御羽家は、震える手で机の下辺りを指差す。

「ゴッ、ゴキッ！　……ゴキブリがッ！」

「ゴキブリ？　………ああ、あそこか。いや、でもあれ――」

「な、何やってるんですか！　は、早く！　早くどうにかしてください！」

「いや、どうにかかって言ってもこれ――」

「ぎ、ぎゃあああっ！　手で掴《つか》むなんてどういう神経してるんですか！　よ、寄らないでください！　ひゃあああ！　こっちこないでくださいって言って――ぐっはあああああっ！」

どんがらがっちゃん!!

ろくに辺りも確認せずに逃げ出した御羽家は、思いっきり机にダイブしていた。

「おいおい、大丈夫か……」

「ひ、ひいいい！　こないでくださいって言ってるでしょ！　大供さんのばかちんっ！」

「落ち着けって。これゴキブリじゃなくて……丸まったチョコの包装紙だぞ」

「………へ？」

俺はしゃがみ込んで、手にしたそれを御羽家の眼前に差し出す。

「ゴ、ゴキブリじゃ……ない？」

「ああ………茶色って事以外は、別に形も大して似てないな」

「……………………………………ご、ごほん」

御羽家は咳払《せきばら》いをして立ち上がると、自分が倒してしまった机と椅子を元通りにしてから俺に向き直り——

「は、はい！　こちらこそよろしくお願いしますねっ！」

「いや、そこからやり直すのは無理があるだろ……」

「うっ………ギャ、ギャップです！」

「ギャップ？」

「そうです！　才色兼備で隙がない女の子より、ちょっと怖がりだったりする方が萌《も》えるじゃないですか！」

たしかに、完璧な人間のウィークポイントというのはグッとくる要素ではある……が。

なんだろうか……これはそういうのじゃない気がする。

「……なあ御羽家」

「な、なんですか？」

「お前、本当に『帝花十咲』なのか？」

「ぎくっ！」

その言葉を実際口にしている奴を初めて見たな……

「し、心外ですね……何を根拠にそんな事を？」

「まあ根拠というかちょっとひっかかっただけなんだが……まさか図星か？」

「そ、そそそ、そんな事ありませんよ。て、適当な事を言うのはやめてください！」

御羽家の視線が泳ぎ、唇を尖《とが》らせてヒューヒューやり出した。口笛のつもりなんだろうが、残念ながら一つも鳴っていない。

「……ちょっとお前の才能を教えてもらえるか？」

「さ、才能？」

「ああ、『帝花十咲』って事は突出した何かがあるんだろう？」

「ああ、なんだそんな事ですか。ふふん……天才ですよ」

「なんの？」

「な、なんのって……天才は天才ですよ。なんのとかそういう次元じゃないんです」

…………………怪しい。

「微分と積分の違いは？」

「な、なんですか急に……」

「いいから。そこまで細かくなくていいから、簡潔に言ってみてくれ」

「え、えっと……」

御羽家の額に、急速に汗が滲《にじ》みだした。

「ま、まあその……微分はxの親戚的な存在で……積分はyが突然変異した姿というか……あと、おつかいに行ったたかし君が密接に絡んでいると思われます」

「世界三大美人と言われているのは？」

「……キングダ○の楊端和《ようたんわ》と小野妹子《おののいもこ》と……あ、あとたしかカタカナの……ピー○姫？」

「Heのアルファベットで表される元素は？」

「へ……ヘルニア」

「完全にバカじゃねえか！」

いや、さすがにふざけてるだけだよな……十咲とか以前の問題として、この学力で帝桜に入れる訳がない。

「ち、違います！　ほら、あれです……天才は過程をすっ飛ばして解に辿《たど》り着いてしまうが故に、凡人にそれを伝える事ができないという……」

「いや、そもそも解が間違ってるって話だからな」

「ぬぐっ……が、学校の勉強なんて社会に出てなんの役にも立たないじゃないですか！」

その言葉を実際口にしている奴《やつ》を初めて見たなpart2。

「『椎間板が飛び出た状態』を元素だと思ってる奴が、社会に出て役に立つとは思えないけどな」

「うっ……あ、ああ言えばこう言う人ですね……そ、それに浅はかです。天才と言われて学力の方だと勘違いしちゃいましたか？　ちっちっち。違うんですよねぇ、これが。スポーツ！　私の才能は運動神経に極振りされてるんです」

どうやらバカな事は認める気になったようだ。

「スポーツねぇ……競技は？」

「なんの競技とかそういう次元じゃありません。私は運動神経の化け物なんです」

「ふーん……」

俺は机の中からノートを取り出し、一枚破ってくしゃくしゃと丸め、御羽家に向かってふわっと放り投げた。

「わっ、わわわっ！」

紙の球はぶんぶんされた手をすり抜け、額にこつん、とぶつかって床に落ちた。

「…………運動神経の化け物ねぇ」

「ち、違います！　今のはたまたまです……球だけに。も、もうちょっと！　紙一重だったんです……紙だけに」

「知能指数と運動神経とギャグセンスゼロ、と」

「メモるのやめてもらっていいですか！」

「……お前、絶対十咲じゃないよな」

「十咲です」

「十咲じゃないだろ」

「いいえ、十咲です」

「十咲な訳ないだろ」

「十咲っていったら十咲なんです！　……十咲なんだもん！」

「ふーん……まあ認めないんならいいや、ちょっとググってみるわ」

ＴＶで特集されたくらいだ。『帝花十咲』メンバーのリストくらい、ネットにはいくらでも転がってるだろう。

「わーっ！　や、やめた方がいいです！　下手に私の事を検索すると消されますよ！」

……誰にだよ。

そこで教室前方上部のスピーカーから、校内放送が流れてきた。

《二年一組御羽家月花さん。二年一組御羽家月花さん。至急職員室までお願いします》

「だとさ」

「いいえ、大供さんが私を十咲だと認めるまではここを離れません」

「でも至急って言ってるぞ」

「かまいません」
《繰り返します。御羽家月花さん。御羽家月花さん。至急職員室まで》
「ほら、催促入ったぞ。ここ、各教室に防犯カメラもついてるんだろ？　まだ教室にいるの視《み》られてるんじゃないのか？」
「大丈夫です。そもそも用事があるならそちらから出向いてほしいものですね。ふふん、私を呼び出そうなんて百年はや――」
《二年一組御羽家月花さん。一年生から多数の苦情が上がっています。新入生に対して自らを『帝花十咲』だと詐称するのを直《ただ》ちに中止してください》
「一番ダセえバレ方したなお前！」
「ぐ、ぐうっ……で、ですが、私の地道な活動は着々と実を結んでいるようですね。ふふん、すみませんねぇ……無垢《むく》な新入生達を騙《だま》してしまって」
《あなたが十咲ではない事は全校生徒の知るところですので、正確には苦情というよりも心配の声です。『見ていて痛々しいからやめさせてあげてほしい』と》
うわぁ……
「ふふん、結局私を教室から動かす事はできませんでしたね。ま、ここは痛み分けということで許してあげます」

う、嘘《うそ》だろ？　……あの、公開処刑まがいの内容を全校生徒に垂れ流されて、全く堪《こた》えていないだと？　こ、こいつ……よっぽどの大物か――

「…………バカだな」

「なんですか人の顔みていきなり!?」

「あ、ああ悪い悪い、つい……でもお前、めちゃくちゃメンタル強いのな」

「ここは生徒の個性が強い分、先生達の管理体制がしっかりしてますからね。私なんかもう既に何回かお説教くらってて、慣れちゃいました。まあでも校長先生だけは死ぬほどおっかないんで、もう二度と御免ですけど……」

さすがは帝桜……なおさら目立たないようにしなくては。

「それはそうと、なんでお前は俺に嘘ついてたんだ？」

「ふふん、そんなの決まってるじゃないですか。私が転入してきて一週間、初めて私より下っぽい人間に遭遇したんですよ。マウント取って優位に立ちたいじゃないですか」

……ナチュラルにゲスだった。

「『元気いっぱいで才能に溢《あふ》れているけど、精神的にちょっと弱い面もある女の子』という設定で誑《たぶら》かし、私の言う事をなんでも聞く操り人形にしてやろうという魂胆だったんですが――大供さんが思ったよりも小賢《こざか》しかったので失敗してしまいました」

……ゲスの極みだった。

「あ、幻滅しちゃいました？　クク、残念でしたねぇ。私、顔はかわいくても結構なワルですので」

そう言って邪悪な笑いをみせる御羽家。

「おーい、月花ちゃーん」

そこへ一人の女子生徒がてててて、と駆け寄ってきた。

「どうどう？　ちゃんと大供君と仲良くなれた？　今までの休み時間ずっと『いきなりひとりぼっちでかわいそうです』って心配してたもんね」

「人が悪ぶってるタイミングでバラすのやめてもらっていいですか！」

……普通にいい奴だった。

「ち、違いますよ！　私は獲物をじっくりと観察し、昼休みになって一番弱ったタイミングで狩りを決行したんです。し、心配していたんならすぐに声をかけたはずじゃありませんか」

「素の自分じゃナメられちゃうかもって演技で騙そうと決めたものの、罪悪感を拭い去れなくてなかなか踏ん切りが付かなかったんだよね」

「だからなんでバラすんですか！」

……人のよさを捨てきれない小悪党だった。

「えっと……ところで君は？」

俺はそこで御羽家の友人らしき女の子に視線を向けた。

「ああ、ごめんね。私は月花ちゃんの唯一の友達、鈴木《すずき》だよ」

「そこ唯一ってつけなくてもよくないですかね……」

「でもほんとだよね。月花ちゃん、ポンコツのくせにイキってるから悪目立ちして、いまいち溶け込めてない。でもクラスのみんなはいい人が多いから、別にシカトしたりとかハブられてはいなくて、絶妙にモニョっとする立ち位置だよね」

「めちゃくちゃ的確に分析するのやめてもらえませんか！」

「あはは！　で、私はそろそろ戻るけど、一緒に来てお弁当食べる？」

「え、遠慮します！　鈴木さんのお友達はみんなしてイジッてくるから嫌なんです！」

「だってしょうがないじゃん。帝桜にこんなバ——じゃなくてツッコミどころ満載の子いないから、みんな月花ちゃんがかわいくてしょうがないんだよ」

「いま絶対バカって言いかけましたよね！」

「うん」

「ちょっとは否定してくださいよ！」

鈴木は笑いながら手を振って去っていった。あの子、完全にSだな……まあ御羽家との相性はよさそうだけども。

「ご、ごほん……とんだ邪魔が入ってしまいましたが、本題に戻りましょう。私が『帝花十咲』であろうがなかろうが、大供さんがぼっちである事に変わりはありません……ふふん、どーしてもって言うんなら、お友達になってあげてもいいですよ」

「パスで」

「そうですか。ふふん、仕方ありませんねえ。そこまで言うのなら――パス⁉」

「いやだってお前十咲とか関係なく目立つじゃん。悪い意味で」

「えへへ……」

いや、はっきり悪い意味でって言ってんのになんで照れてんだコイツ……

「俺は波風立てずに学園生活を送りたいんだ。悪いがトラブルメーカーとは関わり合いになりたくない……友達探しなら他を当たってくれ」

ちょっと冷たい言い方になってしまったが、断る理由としてはこれが半分。

もう半分は――この子自体がまだクラスに溶け込み切れていないなら、俺とつるんでる場合じゃないと思ったからだ。

不運だけならまだしも、今の俺は脳内選択肢という予測不能な爆弾を常に抱えている状態だ。どんな奇行に及ぶか分からん奴の傍《そば》にいたら、御羽家まで変な奴扱いされて、いつまでも他の友達ができない可能性がある。

「俺は俺でなんとかするからさ。御羽家はさっきの鈴木のグループに入れてもらった方がいいぞ。からかうの好きそうだけど、絶対いい奴だろ、あの子」

「そ、それはそうだと思いますけど――」

「悪いな」

俺は、彼女に背を向けて歩き出し――

ゴッ！

「ぬぐおおおおおおっ！」

小指を思いっきりイスの脚にぶつけてしまった。

「あーっはっはっは！　それ見た事ですか！　人の厚意を素直に受け取らないからバチがあたったんですよ、バチが！　あーっはっはっは！」

こ、こいつめちゃくちゃ嬉《うれ》しそうに言うな……

「ぐう……違《ちげ》ぇよ……これはバチとかじゃなくて、俺の体質のせいだ」

「体質？」

「……ああそうだ」

俺は自分がいままでいかに不運に塗《まみ》れた人生を送ってきたかを、御羽家に説明した。

「――そ、そんな運の悪い人が実在するなんて信じられません……」

「ああ……だが紛れもない事実だ。迷惑をかけるかもしれないからクラスのみんなにも知っといてほしいんだけど、さっきからどうもうまくいかなくてな……」

「……そうだったんですか……じゃあさっきの『お母さんのパンツを間違ってはいてきちゃった』っていうのも不運のせいなんですか？」

「……いや、それは別口だ」

「別口？」

「ああ、更に信じられない話なんだが実は脳内に――ぐあああああああっ！」

「ど、どうしたんですかっ！」

「い、いや、大丈夫だ……」

ぐ……脳内選択肢の事を口にしようとしたら急激に頭痛が……おおっぴらにするのは許さないって事かよ。

「だ、大丈夫ですか？　……自己紹介の時も突然苦しんでましたけど、何か持病でもあるんですか？」

「いや、これはそういうんじゃなくて――」

【選べ　①『鎮まれ……鎮まれ俺の右手っ！』と御羽家月花の胸を揉《も》む
　　　②『鎮まれ……鎮まれ俺の右手っ！』と大供陽太《ようた》の胸を揉む】

「どっちでもド変態じゃねえか！」

……だが出てしまったもんはやるしかない。

俺は半ばヤケクソになりながら、自らのおっぱいを揉みしだいた。

「鎮まれ……鎮まれ俺の右手っ！」

「なんですかその新手の中二病みたいなのは⁉」

「俺が聞きたいわ！」

ほら、結局こうなる……やっぱり御羽家が友達になるべき相手は俺じゃない。

「分かっただろ御羽家。俺と絡んだらこんな奇行に付き合う羽目になるぞ」

「あ、それは構いません。むしろ大供さんが底辺であればあるほど私がマウント取りやすくなるのでむしろ好都合です」

清々《すがすが》しいまでにゲスいな……

「手始めに、お友達の証《あかし》として愛称で呼んであげるとしましょうか。そうですねぇ……………ああ、ダイキョーさんなんてどうです？」

「ダ、ダイキョー？」

「そうです。大供を音読みしたらダイキョーですよね。ふふん、不運まみれの大凶人間にはぴったりの呼び名じゃないですか」

「こ、こいつ…………………お前だって読み方変えたら御羽家《おバカ》じゃねーか！」

「お、おバッ……な、なんて事言うんですか！　これでも我が家は由緒正しい家柄なんですよ！　名字をイジるのはやめてください！」

「じゃ、ゲス花《か》」

「ゲス花!?」

「連続で言ったら『御羽家《おバカ》・ゲス花《か》』だな」

「売れないお笑いコンビみたいに言うのやめてください！」

「もとはお前がダイキョーとか言い出したからだろうが。お前がやめればこっちだって言わねえよ」

「ふふん、私はマウント取りたいからやめません。やめるのはダイキョーさんだけです」

「お前、マジでいい性格してんな……」

「えへへ」

いや、だから褒めてないからな……

「というか、いいんですかぁ？　色々と厳しいこのご時世に、女の子をバカだのゲスだの呼んでたら白い目で見られるのはダイキョーさんですよぉ？」

ぐ……それはたしかに。

「…………よし、じゃあおハナで」

「おはな？」

「ああ。御羽家月花の一番上と下を繋《つな》げて御花《おハナ》……これなら文句ないだろ」

「わあ、かわいいじゃないですか」

「バカめ……頭の中お花畑の『おハナ』だとも知らずに喜びやがって」

「全然かわいくないじゃないですか！」

「あ、いや、つい心の声がそのまま外に……」

なんかこいつを見てると、無性にイジりたくなるというかなんというか……鈴木の気持ちが少し分かった気がした。

「うわ、ちょっとの間にめっちゃ仲良くなってんじゃん」

計ったようなタイミングで鈴木本人が現れた。

「いやいや、全然仲良くなんてなってません。聞いてくださいよ、鈴木さん。この人が私の事を酷《ひど》い呼び名で――」

「ああ、それは月花ちゃんが悪いね」

「まだ何も話してませんけど!?」

おハナは興奮気味に、俺の不運体質とさっきの会話の流れを鈴木に説明した。

「――ああ、それはゲス花ちゃんが悪いね」

「それ不採用になったんだからやめてください！」

「いやいや、どう考えても最初にダイキョーなんて呼び出した方がゲスいでしょ……でもなんか月花ちゃんらしくないね。まだ付き合い短いけど、人の体質を馬鹿にするような真《ま》似《ね》はしない子でしょ、君は」

「はっ、鈴木さんはなにか妙な買い被《かぶ》りをしているようですね。私は生粋のワルだって言ってるじゃないですか。一〇〇%ディスりたくて、ダイキョーさん呼びをしただけです」

「ああ、そっか。大供君がクラスメイトに不運体質を周知できないのを気にしてたから、手伝ってあげようとして、それが音で分かるような渾名《あだな》を反射的につけたものの、すぐに自分でもこれはないと反省しかけた矢先、大供君に御羽家《おバカ》とかゲス花とか図星のカウンターくらったんで引っ込みがつかなくなっちゃったんだね」

「思考の流れを完璧に当てるのやめてもらっていいですか！」

当たってんのかよ。

「って事で大供君、許してあげて。月花ちゃん、根は善良なくせにイキッて悪ぶってるだけのクソザコだから」

「口が悪いにも程があります！」

「さあさあ、月花ちゃん。何か大供君に言う事があるんじゃない？」

「うう……ごめんなさいぃぃ……」

素直かよ。

「いや、こっちも短絡的だったよ。売り言葉に買い言葉とはいえちょっと言いすぎた」

「いえ、悪いのは私です。不運のせいで小さい頃から嫌な目にあってきたでしょうに、それをからかうような事を言ってしまって……」

真面目かよ。

というか俺にとって不運は最早《もはや》生活の一部になってるから、別にそんなデリケートな感じじゃないんだが……まあでも、それを普通に説明したとしても、気を遣った嘘《うそ》だと思われそうだな、この落ち込みっぷりだと。

「おハナ」

「え？」

「俺はこれからそう呼ぶって言ってんだよ、お花畑のおハナちゃん」

「なっ……ひ、人が真面目に謝ってるのに……だ、だったら私もダイキョーさんって呼びますからね！」

「どーぞご自由に。つーか今更不運の事どうこう言われたって全然気になんねーし」

「ふん、私だって頭の中お花畑なんて、言われすぎてもう何も感じませんし！」

それは感じた方がいいと思います。

調子が戻った様子のおハナには聞こえないような声で、鈴木が囁《ささや》いてきた。

「へー、優しいじゃん、大供君」

「……どーも」

「うまく溶け込めてないのは月花ちゃんが悪いってよりも、ノリを合わせられる人間が少ないってだけだったんだよね。大供君はなんか相性バッチリそうで安心したよ」

「やめてくれ……」

「ちょっとちょっと。二人で何コソコソお話ししてるんですか？」

「ああ、なんでもないよ。ただの月花ちゃんの悪口だから」

「なんでもあるじゃないですか！」

「あはは、じょーだんじょーだん」

「まったくもう……あ、ところでダイキョーさん。私、気付いちゃいましたよ。さっきいきなりおハナとか呼び出した理由に」

……まあそりゃそうか。気を遣ったのを本人に言及されるとちょっと恥ずかしい感じはするけども、仕方無い。

「実はダイキョーさんって呼び名、ものすごい気に入ってたんですよね？　でも、自分から呼んでくれって言うのは恥ずかしいから、わざとケンカっぽくけしかけて、私が自然と口にするように仕向けた……どうです？」

ん……？

「不運イジりも気にしてないって事ですし、なんか謝って損しちゃいました。あ、そうだ。私だけってのは不公平ですから、今からでもおバカとかゲスとか呼んだ事を謝罪してくださいよ……ほらほらぁ」

マジか、こいつ……

思わず鈴木の方を見やると、『マジか、こいつ……』という表情の彼女と目が合った。

「……大供君、私の気持ち、分かったでしょ」

「……ああ。非常によく」

御羽家月花という少女の調子に乗っている姿を見ていると――

「『グチャグチャにしてやりたくなる』」

「なんて事をハモるんですか⁉」

2

鈴木が再び自分のグループに戻っていった直後、おハナがウキウキした様子で話しかけてきた。

「さあさあダイキョーさん、早くなんかの奇行を始めて更に株を落としてください」

「最低だなお前……」

「忘れたんですか？　私がダイキョーさんにお友達になりましょうって言った理由の半分は、『私より下の人間に対してマウント取りたいから』ですよ？」

なぜそれをドヤ顔で言えるんだこいつは……

「これで私はようやく学年最下位から抜け出せます。喜んでください。ダイキョーさんは歴史的瞬間に立ち会えるんですよ」

「何をそんな大袈裟《おおげさ》な……というか最下位がブービーになったところで何も変わらないだ

ろ」

「いいえ、大違いです。これが私の夢への第一歩ですから」

「夢？」

おハナは目を輝かせて即答する。

「はい！　スーパースターです！」

「……っ!?」

思わず身体《からだ》が反応してしまう。

その単語は、嫌でも親父《おやじ》を連想してしまうから。

「……スーパースターか。で、具体的にはなんの？」

「なんのとかは関係ありません。スーパースターはスーパースターです！」

「いやほら、あるだろ。映画俳優だったりスポーツ選手だったり歌手だったり、今だったらネット配信者とかさ」

「ちっちっち。分かってませんねぇ。真に輝きを放つスーパースターはジャンルなんかに囚《とら》われないもの……最早概念なんです、概念！」

……よく分からないが、おハナがバカだという事は改めてよく分かった。

「で、スーパースターになってどうしたいんだ」

「目立ちまくってチヤホヤされたいです！」

「……で？」

「え？　……で？　もなにも、それが全てですよ？」

「全てって……武道館一杯にするとか、レッドカーペット歩くとか、オリンピックで何枚も金メダル獲《と》るとか色々あるだろ」

「あ、まあどれでもいいです。私はとにかくチヤホヤされたいだけですから！」
　バ、バカすぎる……あまりにもバカすぎるんだけど――
「……すげえな」

「へ？　すごいって何がですか？　この話すると、大体鼻で笑われるんですけど……」

「いや、内容とか動機はちょっとアレだけど、そんなのは大した問題じゃない。即答で……しかもそんなに楽しそうに夢を語れるなんて、なかなかないと思ってさ」

「へ？　……な、なんですか、急に。そんな持ち上げても何も出ませんよ…………ま、まあ○・○一秒くらいならおっぱい触らせてあげてもいいですけど」

　めっちゃ喜んでんじゃねえか……

「いやでも、なんか自分が情けなく思えてきたな。俺の人生の目標なんて『目立たないで平穏に生きる事』だぞ……なんかスケールが違いすぎるよな」

「それの何が悪いんですか？」

「え？」

「今、目標を言った時のダイキョーさんの目、真剣でした。本気でそうしたいんだなっていうのが伝わってきました。人の生きる意味に、スケールとかは関係ないと思います」

「お、おハナ……分かってくれるのか……」

「はいっ！」

「じゃ、やっぱり友達になるのやめるわ」

「流れおかしくないですか⁉」

「いや、自然な流れだろ……だってお前、スーパースター目指してるんだろ？　成功しても失敗しても、めっちゃ注目浴びそうじゃん……俺の目標と相反するじゃん。本気で目立ちたくないの、理解してくれたんだろ？」

「いや嘘ですから！　『目立ちたくない』のが目標なんて正直これっっっぽっちも意味分かりません！　理解したフリをしておけば私に心酔してマウント取れるかなって思っただけですから！」

こ、この女は……まあ全部口に出しちゃうあたりが、やっぱり悪人ではなくて小悪党なんだけども。

「というかダイキョーさん。ちょっと考えが浅いんじゃないですかぁ？」

「どういう意味だ？」

「いいですか、私がスーパースターに近づけば近づく程——脚光を浴びれば浴びる程、隣にいるあなたは目立たなくなります……ほら、ＴＶでもいるじゃないですか。『じゃない方芸人』とか」

た、たしかに……お笑いコンビで相方が強烈なキャラクター性だったりする場合、もう片方はそういう不名誉な呼称を与えられたりする……目立つ奴《やつ》の傍《そば》に居続ければ目立たない……これは逆転の発想かもしれない。

「分かったよ……とりあえず保留って事で」

「ふ、ふうーっ……適当な事を並べ立てたらなんとかなりました。案外チョロいですね」

だから口に出して言うなよ……

「まあ私の夢はそんな感じですので、さっきの歴史的瞬間っていうのは大袈裟でもなんでもないんですよ、これが。私はこれから『帝花十咲』の一員になりますから」

「……本気か？」

「ええ、しかもそんじょそこらの十咲じゃありませんよ。私は今いる十人を全て倒して、その座を独り占めにしてやるんです！　来年の今頃には『帝花一咲』御羽家月花の名が全国に鳴り響いている事でしょう」

「一人一人が国内最高峰の十咲だぞ？　そんな事ができると思ってんのか？」

「スーパースターですから」

おハナは自信満々に笑ってみせた。

「それにしては当面の目標が最下位脱出なんて、ささやかな一歩すぎないか？」

「ぬぐっ……ま、また小賢《こざか》しい事を……」

大袈裟にたじろいで、考え込むような素振りをみせるおハナ。

「……分かりました。なら予定を早めるとしましょう……あちらを見てください」

そう言っておハナは教室の中心辺りに視線を向ける。

そこでは一際目を引くグループが机を寄せ合い、談笑していた。

その中でも明らかに異彩を放つ茶髪の子が一人——今朝目に留まったあの生徒だ。

「宝條《ほうじょう》麗奈《れいな》さん——宝條グループの一人娘です」

「え？　……宝條グループって……あの宝條か？」

「はい。あの宝條です」

宝條ホールディングス——それは日本人であれば誰もがその名を知る巨大企業。

金融、食品、建設などありとあらゆる分野に根を張る化け物グループだ。

中でも下着ブランド『ミテラ』を中心とした服飾業では無類の強さを発揮している。『いつでも、どこでも、誰にでも』というキャッチフレーズを耳にした事のない人間を探す方が難しいだろう。

「家柄もさる事ながら、本人も非常に優秀です。容姿は見ての通りですし、この帝桜においても成績はトップクラス。運動でも非凡な才能をみせ、更には去年、弁論の全国大会で金賞を受賞しました」

「すげえな……設定盛りすぎだろ……という事はあの子が本物の『帝花十咲』？」

「いえ、宝條さんにはそれとは別に『最強の十一人目《アブソリュートイレブン》』という称号が与えられています」

「アブソリュートイレブン？　なんか中二っぽいけどすごそうな感じだな」

「……そうじゃないんです、ダイキョーさん。そこには——序列十二番目以降の生徒達とは段違いのレベルにいるけども、どれだけ挑んでも決して十咲にはなれない存在——そんな不名誉な意味合いが込められているんです」

マジかよ……どんだけのレベルなんだよ現十咲って……

「とはいえ宝條さんがこのクラスのカーストトップに君臨しているのは紛れもない事実。十咲との前哨戦《ぜんしょうせん》として、まずは彼女を倒します」

おハナはにやり、と不敵な笑みを浮かべた。

「今から宝條さんにディベートで勝負を挑んできます。自分の得意分野でコテンパンにされたとなれば求心力を失い、その座を私に明け渡す事になるでしょう」

「いやいや、全国大会金賞だろ？　そんな相手に勝算があるのか？」

「スーパースターですから」

おハナはまるで答えになっていない事をドヤ顔で告げ、自信満々に宝條のグループのところまで歩いていった。

そして宝條に声をかけ、何やら言葉の応酬をし、こちらに戻ってきて——


「えぐっ……えぐっ……」


「ソッコーで泣かされてんじゃねえか！」

「だって……だって……あのひと……おっかないんですもん……最初は普通に言いくるめられてただけなんですけど……もう勝てないと悟った私が『宝條さんのおバカさん！』とか『宝條さんのアホちん！』とか連呼してたら、ものすごく怖くなって……」

それはお前が悪いだろ……

「……ダイキョーさん、行ってきてください」

「は？」

「ダイキョーさんが宝條さんを倒せばあなたが十一位。その後でダイキョーさんを私がチヨチョイッと倒せば私が十一位に収まるという寸法です」

なんで俺には簡単に勝てると思ってるんだこいつは……

「というかまず前提として俺が宝條を倒せる訳ないだろ。更に言うと勝ち負け以前に、そんな目立つ真似《まね》はごめ――」

【選べ　①宝條麗奈に弁論勝負を挑む
　　　　②宝條麗奈に高速ベロ勝負を挑む】

「やってくれる訳ねえだろ！」

……いや、待てよ。②のあまりの酷さに思わずツッコんでしまったが、①の提案自体は極めてまともだ。今までの『絶対に選びたくない or 絶対に選べない』の二択に比べたら、大分ましなんじゃないだろうか。

これをましだと思っている時点で感覚が麻痺《まひ》している気もするが……どうせやらなきゃならないんなら、少しでも易しい選択肢があるのはありがたい。

「じゃ、行ってくるわ」

「え、ほんとに行くんですかダイキョーさん」

「いや、お前がやれって言ったんだろ……」

「じょ、冗談ですよ、冗談……私はこれっぽっちも相手にならなかったんでいいですが、下手にいい勝負とかしちゃって宝條ホールディングスの跡取りを怒らせたら、この学園で生きていけなくなりますよ」

え？　……マジで？　いくら天下の『宝條』とはいえ、そんなマンガみたいな権力があるとは…………………あるんだろうな、このおハナの表情からすると。

「ぐあああっ！」

——とはいえこの催促の頭痛がある以上、やらないという選択肢はありえない。

「おハナ……男にはやらなきゃならない時ってのがあるんだよ」

「それ、絶対今じゃないと思いますけど……」

俺もそう思います……

俺はキリキリ言い出した胃を押さえながら、談笑するグループに向かっていった。

そして、その中心にいる宝條に声をかけようとした瞬間——

「ちょっと待って。麗奈様になんの用かしら」

いかにも良家のお嬢様といった感じの取り巻きの一人が、ものすごい目で俺を睨《にら》み付けた。というか麗奈『様』ってアンタ……

「いいえ、用件を聞くまでもないわ、お引き取りください」

別の取り巻きも、俺に冷ややかな視線を向ける。

「こんな危険人物を麗奈さんに近づける訳にはいかないわ」

「いや、俺の諸々《もろもろ》の奇行は全部誤解なんだ……」

「といいますか、先程の貴方《あなた》の痴態は関係ありません。誰であろうと一介の男子風情が易々《やすやす》と麗奈様に話しかけられると思わないでください」

や、やばい……これはガチだ。冗談とかではなく、マジで言っている。

最早《もはや》カーストなんてレベルじゃなくて、宝條はこのクラスにおいてガチもんの支配体制を築いているのかもしれない。

「ぐっ……」

早くしろ、と言わんばかりの頭痛――とっとと退散したいのは山々だが、またのたうち回るのは御免だ。

「ほ、宝條！」

俺は取り巻き達の突き刺さる視線を無視して、その中心にいる人物に強引に声をかけた。

「……どうやら日本語が通用しないようですね」

彼女らが剣呑《けんのん》なオーラを放ちながら一斉に椅子から立ち上がる。

うっ……こ、これはヤバ――


「そういうのいいから座って」


不意に放たれた一言で、取り巻き達の動きがピタリと止まる。

その声の主――宝條麗奈はつまらなそうに俺を睥睨《へいげい》した。

「……で？」

う、怖い……たった一文字のそのセリフで俺の額からは冷や汗が滲み出る。

「わ、悪いんだけどさ……ちょっと俺と弁論勝負してもらえるかな？」

「は？　……なんで？」

こえええええええええっ！

な、なんだこの胆力はっ……断じて高校生の女子が持ち合わせていいもんじゃないぞ。

それだけで人を射殺せそうな眼光、絶対零度の声色、そして肌を通してビリビリと伝わってくる、異様な圧。

これらは後天的に授かったものではありえない。生まれながらにして備わった支配者としての資質……おいおい、こんなのが十咲に入れないとか冗談だろ……

「い、いや、なんでというか、その……弁論大会金賞の実力を肌で感じてみたいというか、なんというか……」

宝條のあまりの迫力に気圧《けお》されて、めちゃくちゃキョドッてしまう。

「無理。時間の無駄」

……ですよね。

だが、この反応は俺にとって好都合だ。

選択肢が要求しているのはあくまで『挑む』ところまでだ。実際、勝負を提案した瞬間に脳内の選択肢は綺麗《きれい》に消え去っていた。

「いつまで突っ立ってんの？　早く消えてくれる？」

「は、はひっ！」

完全に声が裏返ってしまう。いや、マジで怖いってこの人……

勝負受けてもらえなくてほんとによかった……俺はほっと胸を撫《な》で下ろしながら宝條達に背を向けた。

「ていうかなんなの今日は？　さっきの無能といい今のド変態といい。最初の方はあんまり必死だったから勝負を受けてやったけど、話になんないし」

「無理もありません。麗奈様の論理構築に対抗できる者などいる訳がありませんから」

「ええ。弁論大会は対戦方式ではありませんでしたが、あまりに圧倒的でした。思い出すだけでも惚《ほ》れ惚《ぼ》れします」

「ハッ、それにしたってあの無能は雑魚《ざこ》すぎでしょ。なんであんなのが帝桜にいるんだか」

「王神《おうがみ》理事長は風変わりな事で有名ですからね。一芸に特化した者であれば、他がまるで駄目でも手当たり次第に受け入れているという話ですが……それにしてもアレはないと私も思います」

「私も同感です。あのような低俗な輩《やから》は麗奈さんの視界にも入れたくありません。どうでしょう。お父様のお力添えでなんとかしては？」

「冗談。あんなゴミみたいなのに家の力使ったら、一族中の笑い物だわ」

「あ、あいつら……」

それは聞くに堪えない雑言――別に大声で言っている訳ではないが、まだ近くにいた俺には全て聞こえてしまっていた。

「だ、大丈夫ですダイキョーさん」

そこでおハナが俺の袖をチョイチョイ、と引っ張った。

「あんなの、聞き流せば問題ありませんから。下手に刃向かって本気で怒りを買ったら本当になんとかされちゃうかもしれません」

「はい。さっきも疑問に思ったんだけど……『宝條』ってマジにそこまでの力があるのか？」

「はい。この帝桜にもかなりの額を出資しているという話ですし……経営や人事に口を出せる立場にあったとしても不思議じゃありません……それに――」

「それに？」

「家の力関係なく、あの人に口ゲンカで勝てる気がしますか？」

「……しないな」

「ですよね。私なんてまだプルプルしてますもん……ですから、大丈夫です」

「まあ、お前がそう言うんなら――」

「ていうか何か変な事言ってなかった？　十咲を倒すっていう戯言《たわごと》の他にも、将来スーパースターになるとか」

「はい、麗奈様。あのような凡人以下が何を言っているのかと耳を疑いました」

「そうですね。麗奈さんのような完璧な人間が目指すならまだしも」

「は？　ちょっとやめてよ。そんなクッソダサいもんになりたい訳ないでしょうが」

「失礼しました。そのような昭和の遺物のような単語に、麗奈さんを当て嵌《は》めるべきではありませんでしたね」

「ハッ……ていうかさ、この時代に高校生が夢とか言っちゃってる時点で恥ずかしいと思わない？　あんなに目ェキラキラさせちゃって馬鹿みた――」

「……おい」

「は？　ちょっとヘタレ転校生、アンタ何戻ってきてんの。消えろって言ったはず――」

「人の夢を笑うな」

3

考えての行動ではなく、反射だった。

「……あ？」

宝條は殺意と見紛《みまが》うような視線を俺に向けた。

しかし、先程までの恐怖が再び襲ってくる事はなかった。

俺は夢を持っていない。

目立たず生きるという目標こそあるものの、それは何かを『したい』訳ではなく『したくない』という消極的なものだ。

だからこそ、眩《まぶ》しく感じた。

夢を語る御羽家月花という少女が、輝いて見えた。

ついさっき知り合ったばかりの俺がそんな事をする義理は一切ない。

むしろ余計なお世話だろう。

でも、理性ではなく本能が訴えていた。

この女を黙らせろ、と。

「お前に、おハナの夢を馬鹿にする権利はない」

「ハァ？　ウッゼ……アンタに私の言論の自由を妨げる権利もないわよね」

「弁論大会の金賞っていうのは、そうやって人の揚げ足とってればもらえるもんなのか？」

「……死にたいらしいわね」

「お、おい、なんか不穏な雰囲気になってるぞ……どうしたんだあれ？」「転校生が宝條さんにケンカ売ってるみたい」「な、なんて命知らずな……」「終わったな……十咲の中でさえ『宝條』に家の格で対抗できるのは一人だけだってのに……」

「俺と勝負しろ宝條。そして俺が勝ったらおハナに――御羽家に謝れ」

「OK。そんなのいくらでもしてあげるわ――でも、アンタが負けたら？」

「なんでもいい。そっちで勝手に決めろ」

「あっそ。なら私の奴隷になってもらうわ――人としての尊厳を失うのを覚悟する事ね」

宝條は目を見開いて獰猛《どうもう》な笑みをこちらへ向ける。

「で、勝負の内容はどうするの？　公平性が保たれているものならなんでもいいわよ」

「ディベートでいい」

「……は？」

宝條のこめかみに血管が浮き出る。

「ひょっとして私の事、舐《な》めてんの？」

たしかに普通に考えれば自殺行為もいいところだ。

だが、この時の俺は冷静じゃなかった。

さっきのおハナじゃないけど、こいつの得意分野で叩《たた》きのめしてやりたい……そう思ってしまった。

「人の心配よりも、負けた時の言い訳を考えておいた方がいいんじゃないのか？　上手《じょうず》なんだろ？　お喋《しゃべ》り」

「……上等だよ」

宝條の声のトーンが下がり、明らかな臨戦態勢に入る。

「とはいえこのままじゃ私に有利すぎてなんの面白みもないわ。せめてテーマはアンタに選ばせてあげる。まあなんのハンデにもならないでしょうけどね」

相手の得意分野で倒すとは誓ったが、議論の内容まで譲歩する必要はない。ここは少しでもこちらが有利になるようなテーマで――

【選べ　①母のパンツを学校にはいてくるのは『アリ』か『ナシ』かで議論する
　　　　②母のパンツを学校にかぶってくるのは『アリ』か『ナシ』かで議論する】

「空気読めってレベルじゃねーぞ！」

ＴＰＯ！　マジでＴＰＯ考えろって！　今めっちゃシリアスな場面だったじゃねえか！

「いきなり大声出して空気読めてないのはアンタでしょうが。早く決めなさい」
ア、アホすぎる…………選択肢のあまりのアホさ加減に毒気が抜かれて、怒りに支配されていた頭が不意に冷静になり――

…………………………………………………………いや何やってんの、俺？

目立ってるじゃん……めっちゃ目立ってるじゃん！

や、やっちまったあああああああああああああああああああっ！

クラスのカーストトップに……しかもあの宝條のお嬢様にケンカ売るとか、ありえないにも程がある！

「あ、あのさ、宝條……」

「あ？」

「この勝負……やめていい？」

「いい訳ねえだろ殺すぞ」

……ですよね。

「うぐっ！」

追い打ちをかけるように、催促の頭痛が…………え、選ぶしかない。

「は、母のパンツを学校にはいてくるのは『アリ』か『ナシ』かで……」

「……………………………そう。どこまでも舐め腐ってるって事ね」

いや、舐め腐ってるのは俺じゃなくて俺の脳内な訳で……いやそれ結局俺だな。

「このテーマで、『アリ』を選んでこの宝條麗奈相手に勝てると……屈辱以外の何物でもないわ」

「あ、いや、ちょっと待ってくれ。俺は『ナシ』の方で——」

「桜庭《さくらば》！　アンタ放送部だったわよね。ちょっと仕切りやってくんない？」

「わ、分かりました……」

宝條は自分が『ナシ』の立場だと決めつけ、勝手に準備を進めてしまう。そりゃそうだ……自分で母親のパンツはいてきてて俺が『ナシ』の立場とかもう意味が分かんないもんな……いや、はいてないけどね。言っただけで実際にはいてきてないけどね……そういえばその誤解も解かなきゃなんないのに、『アリ』の立場でディベートとか……む、無理ゲーだろこれ。

「では只今《ただいま》から『宝條さんVS転校生大供君』によるディベート対決を始めます！」

そうこうしている内に、仕切りを任命された桜庭という男子が、流石《さすが》は放送部員といった流暢《りゅうちょう》さで勝負の開始を宣言してしまった。

「今回のテーマは、《母のパンツを学校にはいてくるのは『アリ』か『ナシ』か》です！

宝條さんは『ナシ』、大供君は『アリ』の立場で議論してもらいます！」

「うわ、マジで引くんですけど……」「ああ……どんだけ母ちゃんパンツの正当性を主張したいんだよ」「こいつぁ特大級のアホか、大物かのどっちかだぜ」「いや、アホ一択だろ……」「テーマはありえないけど、宝條さんのディベートが聞けるなんてラッキーじゃない？」「うん！　私、めっちゃ応援する！」

ま、まずい……始まる前から既に形勢は宝條の方に傾いている……まあこの展開からして当たり前ではあるんだけど……ここからなんとか論理で逆転するしかない！

「それではまず大供君、母親のパンツを学校にはいてくるのは『アリ』とする根拠を述べてください！」

ねえよ……

「…………………………………………」

「おーっと！　ディベートの場においてまさかのだんまり！　これは権利放棄とみなして、宝條さんのターンに移ります。それでは『ナシ』とする根拠をお願いします！」

「その①たとえ家族であったとしても、下着を共有するのは衛生観念的にありえない。疾病に感染するリスクを軽視した愚かな行為だと言わざるをえない。その②そもそも男性用と女性用の下着は全く異なる理念で製作されたもの。仮に彼が母親と同身長、同体重だったとしても、その骨格や体型のラインには隔たりがあり、フィットするとは言い難い。機能を最大限に享受するには、それぞれの性別に合致したものを着用すべき。その③百歩譲ってはくのは個人の自由としたところで、それを大々的に喧伝《けんでん》するのが理解不能。学びの場において余計な混乱を生むような言動は慎むべき。その④ただひたすらに生理的にキモい」

「こ、これは怒濤《どとう》の四連弾！　大供君、何か反論はありますか？」

ねえよ……

「…………………………………………………………」

「ま、またしてもだんまりだーっ！　これは勝負を捨てたと見なされてもしょうがないぞ大供君！」

いや、どうしろと…………………………というか、宝條強すぎません？

あの短時間によくもまあここまでの事を思いつき、まとめあげられるもんだ……しかもとことん論理的に攻めた上で、最後にはストレートな感情で締めるという緩急までつけている。ただの理屈屋ではなく、聞いている者の心情を自分側に引き寄せる術まで身に付けていると……いよいよもって勝ち目がない。

「おい……やる気ねえんなら負けを認めてさっさと奴隷《家畜》になれよ」

う……宝條が殺《や》る気に満《み》ち溢《あふ》れた目で睨《にら》み付けてくる。それに家畜って……ま、負けたら何をされるか分かったもんじゃ――

【選べ　①敗北を認め、お互いの健闘を讃《たた》えてユニフォーム《パンツ》交換を申し入れる
②敗北を認めず、キメゼリフを発する　※仰向《あおむ》けで服従のポーズをとりながら】

どっちも完全に頭おかしいだろ！

……いやでも①を選んだら即家畜堕《お》ちな訳で――

「降伏？　……冗談じゃない。数分後、吠《ほ》え面《づら》をかくのはお前だ宝條」

ひっくり返された亀みたいな体勢になり、思いっきりイキる俺。

「マ、マジでヤベえぞあいつ……」「こ、こいつはモノホンだ……」「あ、あの格好でなんでドヤ顔できるのかしら」「お、俺だったら死にたくなるぜ……」

安心してください、俺も死にたいですよ。

「おーっと！　ここで発動したあまりにも奇抜な挑発。ここから逆転の秘策があるというのでしょうか大供君！」

ねえよ……

「……舐めるのも大概にしなさいよ」

底冷えのするような怒りを湛《たた》えて見下ろしてくる宝條。

「あんまりふざけてると――その粗末なモノ踏み潰すわよ」

【選べ　①「お願いします！」
　　　　②「お願いします！」】

声のデカさだけじゃねえか！　二択の意味ねえだろもうこれ！

や、やらないよな……まさか本当にやらないよな？　……頼むぞっ！

「お、お願いします！」

「そう……なら望み通りにしてあげるわ」

ヤバいヤバいヤバいヤバいマジの目だ！　……は、早く起き上がらないと！

【選べ　①決着が付くまで服従のポーズをやめない
　　　　②決着が付くまで服を着る事をやらない】

要は全裸じゃねえか②！

「や、やめろ宝條！　これはディベートだぞ！　暴力に訴えるなんて反則だ！」

「テメェが踏めって言ったんだろ脳味噌《のうみそ》どうなってんだ」

……ごもっともです。

「てかいい加減起きろよ。いつまでそんな赤ん坊みたいな格好してる気なのよ」

……そんな事言われても①を選んだ以上、勝敗が決するまでポーズを解く事はできない。

ここはこのまま議論を進めるしか――

【選べ　①「宝條、お前のオツムが俺より劣っていると証明するまでだ」
　　　　②「宝條、お前が俺のオムツを脱がせてくれるまでだ」】

雑すぎるだろ！　もう考えるのめんどくさくなってないか選択肢《お前》！

ぐ……またしても煽《あお》るみたいになってしまうがしょうがない。

早いとこ①を選んで――

プ～ン。

そこで急に羽音がして、俺の鼻の頭に小バエが止まった。

「ハ……ハ……ハ……ハックション！」

こ、こんな時に――まあでもなんか、クシャミしたらスッキリして頭の中がリセットされた気がするな。

「宝條、お前が俺のオムツを脱がせてくれるまでだ」

…………………………ん？

今、なんて言った…………俺？

うわあああああっ！　リセットされすぎてヤべぇ方選んじまったああああああっ！

い、いや、完全に自分のミスなんだけど、あの小バエさえ来なければ俺はまだマシな方である①を選んでいた……ふ、不運……こんなところで不運まで重なるとはっ！

「お、おい……マジでヤベえって」「ああ……母親のパンツじゃ飽き足らず、その上にオムツまではいてんのかよ……」「さ、さすがに上級者すぎるぜ……」「てかマジで気持ち悪いんですけど……」

お、終わった……これはもう、挽回《ばんかい》不可能だ。

ギャグっぽい域を通り越して、完全に引かれている……ここから俺の信頼を回復する事は、どう足掻《あが》いても無理。

そして、ここまで心象が悪くなってしまっては、元からほぼゼロだったディベート勝利の目も完全になくなった……どんな理屈をこねたところで誰も聞く耳を持たないだろう。

つまり、俺が宝條の家畜になる事も確定した……同時に、おハナへの謝罪の言葉を引き出せない事も…………………………くそっ……くそぉっ！

「…………………………」

勝敗は既に決したようなもんだが、俺のあまりにふざけた発言が原因か、宝條は虚空を見つめて呆然《ぼうぜん》としていた。

「……………まさか」

ん？　…………なんか様子がおかしいぞ？

「嘘《うそ》……でしょ……いや、でもこれが偶然なんて方が……もっとありえない」

宝條は何かを呟《つぶや》きながら髪の毛をグシャ、と掻《か》き回し、俺の方へ視線を向けた。

「大供陽太っ……やってくれたわね！」

「え？　……何を？」

「そう……とぼけるつもりなのね」

は？　……一体何を言っているんだ宝條は？

「ほ、宝條さん、どういう意味ですか？」

俺と似たような表情をした進行の桜庭が、宝條に問いかける。

「宝條の服飾部門の主力——下着ブランド『ミテラ』は知ってるわね？」

「え、ええ……ＣＭとかバンバンやってますし、男の俺でも知ってます。『いつでも、どこでも、誰にでも』のアレですよね」

「そう、そのフレーズは半世紀にわたってメディアで流れ続け、日本国民に浸透している。あらゆる時に、あらゆる場所で、あらゆる女性に身につけてほしい……そんな思いが込められているんだけど……最近、『誰にでも』の部分にアップデートがかかったの」

「えっと……それはどういう？」

「男もの下着への進出——昨今のジェンダーフリーの波を受けて、『ミテラ』は新たな方向に舵《かじ》を切った。派生ブランドを立ち上げるのではなく、あくまで『ミテラ』として男女双方の下着を販売する事で、真の『誰にでも』を実現しようとした。男性用『ミテラ』はまだまだ立ち上がったばかりの一部先行販売で、メディア攻勢はこれからだから、認知していないのも無理はないわ」

「そ、そうだったんですか……でもそれと今の勝負に、何の関係が？」

「ブランド名の語源はあまり知られていないけれど……『ミテラ』はギリシャ後で『母』という意味なの」

「母…………………………ああっ！　……ま、まさかっ！」

「そう……そのまさかよ」

桜庭は何かに勘付いたようだが、俺にはどのまさかか全く分からないのでもう少し説明をお願いします。

「この男……大供陽太は今現在、間違いなく『ミテラ』の男性用下着を身につけている」

え？　……いや、ドン○で買ってきた九百八十円のパンツはいてますけど……しかも『ごはんのお供シリーズ　ふりかけ君』とかいうクソダサいキャラがプリントされたやつ。

「そしてこいつはハナっから、『母のパンツ』という言葉を、『自分の母親の下着』というそのままの意味ではなく、『ミテラのパンツ』の暗喩として使用していた」

いや……完全にマイお袋のパンツとして話を進めていましたけど……

「そして状況を巧みに誘導し、私とのディベート対決までもっていった……自分に圧倒的不利なテーマまで設定して。そして極限まで劣勢に陥ったところでその事実を公開する……私は立場上『ミテラ』のパンツと『いつでも、どこでも、誰にでも』というコンセプトを否定する事ができない……。『母《ミテラ》のパンツを学校にはいてくるのはアリ』だと、認めざるをえない——そこで鮮やかな逆転劇を演出しようとしたのよ」

忌々しそうな表情を浮かべる宝條に、桜庭がおそるおそるといった感じで口を開く。

「ほ、宝條さん、さすがに考えすぎじゃないかと思うんですが……」

俺もそう思います。

「甘い……甘すぎるわ！　だってそうでもなきゃ、転校初日からいきなり母親のパンツはいてるなんて宣言する？　完全に頭おかしいじゃない！」

ええ、おかしいんです。この頭の中の選択肢とかいう奴《やつ》、完全に頭おかしいんです。

「こんな犬みたいな屈辱的なポーズする？　オムツ脱がせろなんて言う？　……自らではなく、あえて私に脱がさせた上で、一番効果的なタイミングで種明かしをしようとしていたのよ！　そうとしか考えられない！　何度でも言うけど、そうじゃなかったら完全に頭おかしいわ！」

いや……ですから完全に頭おかしい行為を強制させられてるんですよボクは……

「全ては……教室に入ってきた時から仕組まれていたのよ。道化を演じつつ、その裏では嗤《わら》いながらこのクラスのトップである私を――宝條を殺《と》りにきた」

「な、なんて悪魔的な狡猾《こうかつ》さだっ……こんなに極端なハイリスクハイリターンを選択する度胸も半端じゃないっ……」

いえハイリスクノーリターンです。

「油断したわ……あまりにも間抜けだったから舐《な》めきっていた……理事長が直接スカウトしてきたっていう情報は摑んでいたのにっ！」

「「「「――っ!?」」」」

クラスメイト達の目が、驚愕《きょうがく》に見開かれる。

「お、王神理事長がっ……」「う、嘘でしょ……」「今までの『直』はみんな必ず十咲に入ってるって噂《うわさ》だぞ……」「お、俺は最初の自己紹介の時からスケールが違うと思ってたんだっ……」

おいおい嘘だろ……王神理事長直々のスカウトってだけで、ここまでの反応が……校内でのあの人の影響力は想像以上のようだ。そして彼女を神聖視するあまり、みんなの目が曇りまくっている。

まあ理由がなんであれ俺にとっては好都合だ。これってもしかしなくてもこのまま押し通せる流れだよな？　よし！　誤解だろうがなんだろうが、この場を乗り切れるならなんでもい——

「……でも、まだよっ！　……今のはあくまで推論にすぎない。九十九％間違いないと確信してるけど、私は……宝條麗奈は一％の可能性があるかぎり、勝負を諦めない！　大供陽太……いまここで、パンツを見せなさい。勿論《もちろん》全部じゃないわ。そのジャージを少しだけずらして、パンツの上のラインを出すだけでいい。そこに『ミテラ』のロゴがあったら……私は負けを認めるわ」

……………………え？

「う、うおおおっ！　これは面白い展開になってきたぜ！」「どうなんだ……実際のところ、どうなんだ？」「バカ、こんなのは宝條さんが負けを受け入れる為の形式上の確認だろ。本人だって九十九パーって言ってんじゃねえか」「そうよね……王神理事長の太鼓判つきだもんね」「ああ、かっこよく『ミテラ』のロゴが出てきて決着に決まってるぜ！」

いやいやいや……ジャージめくったら、出てくるのは『ふりかけ君』ですけど。

「「「「ずらせ！　ずらせ！　ずらせ！　ずらせ！　ずらせ！」」」」

ど、どうすんだこれ……こんなに盛り上がってる中で、みんなの期待とは違うもんが出てきたら――

最悪だ……もはや俺にこの教室での人権はなくなる。

ここから逆転する方法は……………………………………ない。

あるとするならば、人知を超えた存在である脳内選択肢。

その力によって、俺のはいている『ふりかけ君』パンツが、『ミテラ』のものに切り替わるなんていう超展開。

だが、そんなに都合のいい奇跡が起こるはずが――

【選べ　①はいているパンツが『ごはんのお供シリーズ　そぼろちゃん』に変化する
　　　　②はいているパンツが『今晩のお供シリーズ　ポロリちゃん』に変化する】

でしょうね期待した俺が馬鹿でした！

ぐっ……パンツが替わるというところまでは合っていただけに、無念でならない……まあどれだけ惜しくても『ミテラ』でないかぎり、何の意味もないいんだけど。

心の中で歯噛《はが》みしながら①を選び取った瞬間――

「………っ」

下半身に僅かな違和感があった。

どうやら『ふりかけ君』が『そぼろちゃん』に変化したらしい……だから何だよって話だが。

「「「「ずらせ！　ずらせ！　ずらせ！　ずらせ！　ずらせ！」」」」

そんな俺の嘆きなど知る由もなく、クラスメイト達の期待を込めたコールが続く。

これを拒否する事は…………不可能だ。

くそっ…………くそおっ！

俺が断腸の思いでジャージのゴムに手をかけて、ずらした瞬間――

カキーンッ！

小気味の良い音と共に、白球が窓から飛び込んできた。

「ぐあああああっ！」

そしてそれは俺の、少しだけ露出したパンツの上部ラインに直撃。

ギュルギュルギュルギュルギュルッ！

「おふうっ！」

凄《すさ》まじい回転がかかっていたらしいそれは俺のパンツの表面を少し抉《えぐ》り、ようやく止まって床に落下した。

『す、すまない……大丈夫だったかーっ！』

聞こえてきたのは、朝の理事長室で聞いたものと同じ声……どうやら昼練中の野球部のホームランボールだったらしい。

ふ、不運だ……一日に二回もこんな事あるか、普通……

「いやはや、とんでもないタイミングでのハプニングでしたが……」

服従のポーズを解けない俺に代わり、桜庭が階下の野球部員にボールを返しつつ進行する。

「今はそれどころではありません！　果たして大供君が身につけていたのは……え？」

その上部ラインに記されていたのは、soboro《そぼろ》の六文字……いや、正確には六文字だったもの、だ。

先程の白球の回転は、そこから後ろの二文字を抉り取っていった。それは、まるで最初からそこに何もなかったかのような抉り具合……残されたのはsoboroの表記からroが抜けた、soboという意味の分からない四文字。

「『ミテラ』じゃ……ない？」「え？　どういう事？　宝條さんも九十九％って……」「ガチでただの変態？」「でも、母ちゃんのパンツでもなさそうだぞ」「いや、この下にはいてんだって絶対」

お……終わった……

俺の平穏な学園生活は、音を立てて崩れ去っ――

どさり。

「なんて……ことっ……」

　宝條がその場に膝をついていた。

　…………え？

「あ、ありえない……どこまで……この男は一体どこまでっ……」

　みんなが事態を呑《の》み込めない中、宝條は両手で頭を抱えて身体《からだ》をわなわなと震わせる。

「あ、あの、どういう事でしょうか宝條さん。大供君のパンツが『ミテラ』のものではなかった以上、ただの買い被《かぶ》りだったという事だと思うんですが……」

「……とんでもないわ。それどころか、私達はこの男を過小評価していたのよっ！」

「……え？」

「よく見なさい。今見えているのはsobo……これを漢字に変換するとどうなる？」

「え？　…………あ……ああああああっ!?」

「そう……『祖母』。こいつは『ミテラ』の男性用パンツをはいておくだけでも勝てた。でも、それだけでは飽き足らず、『ミテラ《はは》』の上位の存在である『祖母《そぼ》』を身につけておく事で、更に一段階上の完全なる勝利を演出――お前らとは格が違うという事を見せつけているのよ！」

「「「「な、なんだってえええええええええっ!!」」」」

な、なんだってええええええええええっ⁉

「で、でもなんだってそんな分かりづらい真似《まね》を？　宝條さんが気付いたからいいようなものの……そうじゃなかったら自分で解説してたって事ですか？　それだといまいち効果が薄れるような──」

「いいえ……真の策略家は相手の思考レベルや性格を読み切って計画に組み込む。私が『母』＝『ミテラ』に気付く事も、男性用『ミテラ』に思い至る事も、ロゴを見せろと言う事も想定の上……私は大供陽太という男の手のひらの上で、完全に踊らされていたの」

「う、嘘《うそ》ですよね……宝條さんの優秀さまで織り込むなんて……そんな事ができる高校生がいるなんて信じられませんっ！」

嘘なんで信じなくていいです。

「『宝條さんの優秀さ』……ふっ……その手のセリフが出るのも大供陽太の思惑通りよ。この男の悪魔的な頭脳をもってすれば、もっと屈辱的な方法で私を叩《たた》きのめす事も可能だったはず。でもそれをせず、ある程度の格が保たれるような負けさせ方をしてくれた」

本当に優秀なら、自分のセリフが全て勘違いだという事に早く気付いた方がいいと思います。

「ここまで次元が違うと、情けをかけられたなんて怒りすら湧いてこない……むしろ妙な清々しささえ感じるわ」

宝條は、真《ま》っ直《す》ぐに俺の目を見据えて言い放った。

「大供陽太、私の完敗よ」

「「「「う、うおおおおおおおおおおおおおおおおおおおおっ！」」」」

教室中が、割れんばかりの歓声に包まれる。

「ヤ、ヤベぇ………ヤベぇとしか言いようがないっ！」「い、一体どんな頭の構造してるのっ……」「たしかに宝條さんも負けたけど流石《さすが》だなって思える……これも筋書き通りだったってのかっ……」「あんなに険悪な入り方したのに禍根を残さず勝つって……完璧じゃねえか」「お、王神チルドレン恐るべしっ！」

こ、これまずくないか？　……目立ってる……めっちゃ目立ってるじゃんか！　……結果的に勝てたのはよかったけど——

「あっ……」

そうだ。過程はどうあれ俺、勝ったんだよな。あまりな超展開に頭から飛んでいたけど、俺がなぜこの勝負をするに至ったのかを思い出す。

ようやく服従ポーズから解放された俺は立ち上がり、宝條に視線を向ける。

それを受けた彼女は無言のまま首を縦に振り、とある人物の傍《そば》まで歩み寄っていった。

「御羽家月花！」

「は、はひっ！」

宝條は、ビビりきった様子のおハナに向かって——

「……ごめんなさい」

深々と頭を下げた。

「貴女《あなた》の夢を笑ってしまって」

「宝條さん……」

「言い訳に聞こえるかもしれないけれど、自分自身に苛立《いらだ》っていたの……何回挑んでも『帝花十咲』になれないふがいなさに……いえ、それは違うわね。苛ついていたのは、心の底では無理だって思ってしまっている事に対してだわ。十咲が強すぎて心が折れてしまっていた。陰で言われている『最強の十一人目《アブソリユートイレブン》』っていう呼称を誰よりも正しいと思っているのは私自身。でも宝條の娘である以上、そんな態度を表に出す訳にはいかない……そんなところに貴女があまりに純粋な目で、十咲を倒すとかスーパースターとか言い出したからつい、カッとなってしまって酷《ひど》い事を……」

「あはは、いいんです。私がポンコツなのは私が一番よく分かってますから」

「でも、貴女の瞳からは絶対に折れない意志を感じる。自分の力のなさを認めてなお、高みを目指す事を諦めない強さ……私には到底持ち得ないものだわ」

「そんな事ないです、宝條さんはすごいです！　ここから先、何回でも十咲に挑めばいいじゃないですか」

「駄目……もう無理だと悟ってしまったからこそ、教室内のお山の大将でせめてもの自尊心を満たそうとしてたんだもの。去年からそんな事を続けている内に、心が醜く歪《ゆが》んでいってクラスのみんなにも不快な思いをさせてしまったわ……これからも宝條の娘として最低限の挑み続ける姿勢は対外的に保たなきゃならないけど、私個人としては正直……諦めているわ」

「だったら、個人じゃなければいいんです」

「は？」

「一人が無理なら二人、二人が無理なら三人。それでも無理ならもっともっと大勢で『帝花十咲』を倒しちゃえば」

「い、いや、個人ってそういう意味じゃ……まあそれはともかく、そんな複数人がかりなんて意味ないじゃない。ちゃんと一対一で倒さないと——」

「へ？　そんなルール、ありましたっけ？」

「な、ないけど……実力で勝ち取らないと意味がないじゃないの」

「あー、宝條さんったら真面目さんですねぇ……いいんですよ、とりあえず引きずり降ろしちゃってから、自分がその座に座るにはどうすればいいかを考えれば」

「それ……本気で言ってるの？」

「はい。宝條さんでも無理なのに、私一人だけで十咲を倒せる訳ないじゃないですか」

なぜか偉そうにえっへんポーズを取るおハナ。

「い、いや、人数をいくら揃《そろ》えても十咲は倒せないと思うけど……あなたの夢である『スーパースター』なんてもっと無理じゃない。なんのジャンルにしても……突出した『個』の才能がないとその分野のトップに立つ事なんてできないわ」

「あ、私が目指してるのは逆ですね」

「逆？」

「はい。とにかくお友達を増やしまくって、その人達に助けて助けてもらいまくって、盛り上げてもらって、なんか勝手に有名になっていって、結果的に世界一チヤホヤされる立場になれればラッキーだなって。本人は何もできないのにスーパースターって、最高じゃないですか？」

「な、なにそれ……全部人に頼るって事？　達成感とか充実感とか、そういうのはいらないワケ？」

「いらないです！　私、チヤホヤしてもらえればそれでいいですから！」

「…………………」

呆気《あっけ》にとられてものが言えない様子の宝條。

「ですから宝條さん、お友達になりましょう！　『スーパースター』のお友達は楽しいですよ！」

おハナはまるで子供のような笑顔で、宝條に手を差し出した。

「……ぷっ！」

その手を前に、たまらず吹き出してしまう宝條。

「御羽家さん……貴女、頭のネジぶっ飛んでるわね」

「えへへ……」

「あ、いや、別に褒めた訳じゃないんだけど……」

ネジさんお願いですから早く戻ってあげてください……

「でも、貴女の傍にいると楽しいっていうのは嘘じゃなさそう……よろしくね」

「はい、よろしくお願いしますっ！」

おハナは満面の笑みで、宝條は少し照れくさそうに握手を交わした。

「ところで、お友達と言えばニックネームですよね。麗奈さんですから……レイちゃんって呼んでいいですか？」

「ええ、いいわよ。じゃあ私の方はそうね…………ああ、これしかないっていうのがあったわ。御羽家だから……御羽家《おバカ》ちゃんって呼んでいい？」

「駄目に決まってるじゃないですか！」

やっぱりそう呼びたくなるよなあ……

「み、御羽家ってバカだバカだとは思ってたけど……予想以上にバカだったな……」「あ、でも、すげえいい奴《やつ》ではあるよな……」「てか、よく見たらめっちゃかわいくね？」

「なんか面白い事しでかしてくれそう！」「私とも友達になって！」

よし……おハナがクラスのみんなに受け入れられる流れになったし、宝條の取り巻き達もおハナに頭を下げてるし……一件落着ってところだな。

「なあ、なんかいい雰囲気じゃね？」「ああ。宝條さんがピリピリしてたからクラス全体のムードがあまりよろしくなかったんだよな」「御羽家ちゃんもうまく溶け込めたみたいだし、一体感出てきたな」「これってやっぱり……」「ああ、大供のおかげだよな！」

……だが、この流れだけはよくない。

悪目立ちするのも勿論《もちろん》駄目だが、必要以上に持ち上げられるなんてもっての外。ここでなんとか断ち切っておかなくては。

「みんな、聞いてくれ！」

ここまでいい空気になっていれば、さっきの勝負が全部誤解だったと判明しても、宝條の態度やおハナの扱いが元に戻ってしまうという事はないだろう。

なんとしても俺が凡人だという事を分かってもらわなくては。

「実はさっきの勝負……全て誤解なんだ！　宝條はいいように解釈してくれたけど、俺にそんな意図はなかった……だから、本当は……俺の負けなんだっ！」

「「「「……………………」」」」

俺のその宣言に、クラスメイト達は一瞬静まり返った後――

「「「「どっ！」」」」

と、示し合わせたように声を揃えて笑った。

「いやいや、今更それは通らないって！」「そうそう。聞いてた時はまさかと思ってたけど、落ち着いて宝條さんの解説を思い返すと、完璧な流れだもんね」「ほんとに誤解だっていうんならその前の奇行の説明がつかないだろ」「はは、謙遜も度が過ぎるとイヤミになるぞ！」

な、なんでこうなるんだっ！　……脳内選択肢の事を口外できない以上、たしかに奇行の事は説明できないけど……ん？

そこで、こちらに向かって目配せするおハナが見えた。

そうだ……あいつは俺の目立ちたくないという目標を知ってる。なんらかの助け船を出してくれるに違いない……よし、頼んだ！

「みなさん、信じられないかもしれませんが、ほんとにあれは都合のいい誤解だったんですよ。宝條さんと対決するのも別に事前の筋書きがあった訳じゃなくて、私の為《ため》に怒ってくれた結果で……ん？　……これでいいんでしたっけ？　……あれ？　……筋書き通りだったって事にした方がよかったんでしたっけ？　……いや、でもあれは演技ではありえないです……ああ、もうよく分かんなくなっちゃいましたけど、ダイキョーさんは人の為に本気で怒ってくれるめっちゃいい人です！」

バカか！

「それって、対決するの自体は予定通りだけど、その過程での怒りは本物だったって事だろ！」「頭脳に加えて、熱さも併せ持ってんのかよ！」「漢《おとこ》よ……漢だわっ！」

数人の言葉は瞬く間に教室中に伝播《でんぱ》していき――

「大供！」「大供！」「大供！」「大供！」「大供！」

テメエおハナこのやろおおおおおおおおおおおおおおおおおおっ！

「あ、あはは……なんか目立たなくする手助けをしようとしたら逆効果に……」

「わざとか……わざとなのかお前！」

「そ、そんな訳ないじゃないですかっ！」

「だよな……お前がおバカなだけだよな」

「お、おバカって言わないでくださいよ！」

「はあ……もうやっちまったもんは仕方無い……今は何を言っても逆効果だろうけど、少しずつ妙な誤解を解いて――」

「……ありがとうございました」

俺の呟《つぶや》きを遮るようにして、おハナが口を開いた。

「え？」

「あの……怒ってくれて、嬉《うれ》しかったです」

「ああ、そんな事か。気にすんなよ。俺が勝手にやったんだからさ」

「それでもです……ありがとうございました」

「…………そっか」

なんとなく気恥ずかしくなった俺は、おハナの顔から少し目を逸《そ》らしてしまった。

「えへへ……私、ダイキョーさんとお友達になれてよかったです」

「俺はちょっと後悔してるかもしれない」

「うええっ⁉」

「はは、嘘《うそ》だよウソウソ……まあこんなに注目されちゃうのは勘弁してほしいけどな」

何度でも言うが、俺の人生における目標は目立たない事だ。

しょっぱなから散々な事になってしまったが、前向きに捉えるならばまだ初日の出来事。

転校生が最初だけはっちゃけるなんてのはよくある話だ。

ここからいつもの俺に戻って、穏やかな学園生活を――

【選べ　①好きなセクシー女優の名前を叫びながら、壁にキスをする
　　　　②好きな女性偉人の名前を叫びながら、壁にキスをする】

「平塚《ひらつか》らいてうっ！」

第三章　淡雪テラは別に桃○さんから何かもらったりはしていない

1

疲れた……ただひたすらに疲れた。

帰宅した俺は、自分の部屋に直行して、ベッドに前のめりに倒れ込んだ。

帝桜《ていおう》への転入、謎の脳内選択肢の出現、天使との遭遇、不運が特に理由もなく本当にただの不運だったという事実、その不運と選択肢によって生まれる相乗効果の示唆、スーパースターを目指しているという風変わりな女子との出会い、トンデモディベート対決、その結果誤解によって教室内で祭り上げられてしまったという事実、平塚《ひらつか》らいてう。

駄目だ……色んな事が一気に起こりすぎて、頭がパンクしそうだ。

時間的に少し早いけど、湯船に浸《つ》かってリフレッシュしよう。

お袋は夕飯の買い物にでも出かけているのか、リビングに人がいる気配はない。俺はそこを抜けて脱衣所に入り、バスルームのドアを開け——

「…………………………え？」

女の子が、湯船に浸かっていた。

しかもそれは――

「………………………コロネ？」

学校の屋上で遭遇した、天使だった。

「は⁉　……ちょっ、おまっ！　……な、なんでうちの風呂に？」

俺が混乱の極地に陥る中、コロネは上気していた顔面を更に紅潮させ――

「キャ――――――――ッ！」

張り裂けんばかりの声を上げた。

「ま、待て！　誤解だ！　俺はお前が入ってるなんて知らなくてだなっ――」

「アヒルのおもちゃ浮かべて遊んでるの見られたああっ！」

「そこじゃねえだろ！」

「あはは、どうどう？　焦った？　焦った？」

こ、こいつ……また演技か。

いや、それ以前の根本的な問題として――

「おい……どうしてここにいる？」

「どうしてって、今日からこの家にお世話になるからだよん」

「は……？」

「だってさ、できる限り傍《そば》にいた方が色々とサポートしやすいじゃん？」

「そ、そりゃそうだろうけど……だからって俺んちに住むとかめちゃくちゃだろ……そもそもお前、人間じゃないんだろ？」

「だいじょびだいじょび。戸籍はチョチョイッと偽造してあるし、留学生っていう身分もでっちあげてるから、学校にも通えるよ」

「が、学校にまで来る気なのかよ……というかお前、うちに勝手に上がり込んだのか？」

「まっさかー。今は出かけちゃってるけど、ママさんの許可はとってあるよ。パパさんにも電話で確認してオッケーもらってるよん」

こ、こいつ既に外堀を埋めてやがる……事前アポなしの留学生なんて怪しすぎて普通は門前払いだろうが、あのお袋と親父《おやじ》が金髪美少女のホームステイなんていう面白そうなイベントを断る訳がない。

「ぐ……でもお前、世話になるっていったってどこの部屋で寝泊まりする気だ？」

あまりこういう事を言いたくはないが、正直うちはかなり大きい部類に入る。

両親と俺、（こちらは本当に海外でホームステイ中の）妹の部屋の他に、余っている部屋はいくつかある……が、両親の膨大な衣装やファンからのプレゼントで溢れ、豪勢な物置と化しているので、人が寝泊まりできるようなスペースは存在しない。

「あ、私は陽ちんの部屋の押し入れで寝るからおかまいなくー」

押し入れとかねえよ……なんで国民的青ダヌキのポジションに落ち着こうとしてんだこいつ……いや、ネコかあれは。

「で、どうするのかにゃ？」

「どうするって何が？」

「またまたー。こんな美少女とお風呂で二人っきりなのに何もしない気ですか、お兄さん」

「いや、する訳ないだろ……」

「馬鹿なの？　イン○なの？」

「お前が馬鹿だよ！」

「あっはっは。じょーだんじょーだん。陽ちんにそんな度胸ないのは分かってるよー」

いくらなんでも安心しすぎだろこいつ……そりゃ、何かする気なんて全くないけど、からかわれっぱなしってのも癪《しゃく》だ。

どうにかしてちょっとビックリさせる方法は——

【選べ　①生まれたままの姿を見せつける
　　　②生まれたままの姿で生まれたての子鹿の真似《まね》をする】
「俺の心臓が止まるかと思ったわ！」

「お、なになに？　その反応は脳内選択肢でも出たかな？」

「ああ……最悪なのがな」

いや、待てよ……②は真似をするだけで、それを見せつけるとは言われてないな。

「コロネ……今から俺はとある事をする……だから目をつぶれ。絶対に見るんじゃないぞ」

「え、なになに？」

「……教えたくない」

「えー、そんなの気になるじゃん。ヤダヤダー、教えてくんないと目ぇつぶんない」

「く……教えれば見ないって約束するか？」

「イエッサー」

「……マッパで生まれたての子鹿の真似をする」

「ウケるそんなの見るに決まってるじゃん」

「お前ぶん殴るぞマジで！」

「えー、減るもんじゃないんだからいいじゃん」

「駄目に決まってるだろ！　…………あ、そうだ」

よく考えてみれば、今俺は脱衣所からのドアを開けてバスルームを覗いている状態だ。

これを閉じ、何か重しでも置いて一時的に出られないようにすれば万事解決だ。

「残念だったな」

「あ、閉めた！　…………あ、そんでガチャガチャしても開かない！　ぐぬぬ、陽ちんのくせに生意気なー」

ふ……ツメが甘かったな、選択肢。今回は俺の勝ちだ。

どれ、早いとこ済ませてしまおう。

俺は次々と服を脱ぎ捨てていき、一糸纏《まと》わぬ姿になる。

そして四つん這《ば》いになり、四肢を折り曲げプルプルと震わせた。

よし……頭痛が消えたぞ。あとは早いとこ服を着て――

「ただいま～。陽ちゃん、お風呂沸かすならその前に――」

「……え？」

唐突にリビング側のドアが開き、姿を現したのは――

「お、おふく…………ろ？」

ガチの母親が、そこにいた。

うわあああああああああああああああああああああっ！

「陽……ちゃん？」

お袋は手に持っていた買い物袋をドサリ、と落とし、目を見開いて両手を口に当てた。

そして――

「まるで成長していないわ」

「してるだろ！」

そんで俺が言うのもなんだけどそこじゃねえだろ！

「大丈夫よ陽ちゃん、男の子だもん、そういう事もあるわよね」

「ねえよ！　部屋掃除しててエロ本見つけたみたいな反応すんな！　思春期だからって全裸で四つん這いプルプルはしねえだろ！」

いや、実際やっちゃってるんですけどね……

「大丈夫よ。お父さんも昔、似たような事やってたから」

「何がどう大丈夫なのか説明してくれ！」

親父は素でこれをやってたってたって事か？　……控えめに言って頭がおかしい。

そこでバスルームから能天気な声が。

「ねえねえ陽ちん、今出てっても平気？」

「これ以上の地獄絵図にするんじゃねえ！」

「あらあら、コロネちゃんが中にいるの？　まあまあ、そういう事？」

「ち、違うぞお袋！　断じて違う！　俺のこの格好には深い訳があるんだっ！」

「陽ちゃんは童貞だから知らないかもしれないけど、前戯ってエッチな事の前におふざけするって意味じゃないのよ」

「全国の童貞に謝れ！」

2

「はあ……」

なんだかんだで、風呂に入れたのは夕食後になってしまった。

食事中は食事中で、やたらに気の合ってしまったお袋（天然）とコロネ（おちゃらけ）のダブルボケ相手にツッコミし通しでウンザリ——昼間の学校での心労とも合わさって、疲労度はマックスだった。

今日はもう何も考えずに早いとこ休んで——

「…………え？」

俺の部屋のベッドの上で、コロネがブリッジをしていた。

「…………………」

俺は無言のままドアを閉め、自ら頬《ほお》をつねってからもう一度開けた。

ベッドの上で、コロネがブリッジをしていた。

「………………………お前、一体なにしてんだ？」

「え？　だってこういうのが興奮するんでしょ？」

「なんでいちいち人を特殊性癖にしようとするんだお前は……」

「いやー、お昼ん時も迷ったんだよね。空から落ちてきた時、頭から刺さってるのとブリッジしてるの、どっちが陽ちんの好みなのかな、ってね」

どちらも断じて好みではないが、ブリッジの方が遥《はる》かにマシではあるな……なんで刺さる方を選択したんだこいつ。

「というかなんでここにいるんだよ……お前はとりあえずあいつの部屋を使うって話になっただろ」

「そーそー、他の部屋が片付くまで、妹ちゃんの部屋で寝泊まりしていいって事になったじゃん？　って事は私は陽ちんの妹みたいなもんじゃん？」

……いや、その理屈は全く分からない。

コロネはブリッジを解いて仰向《あおむ》けになり、両手をひろげ——

「という訳で、妹ちゃんだと思ってどうぞ」

「なにを!?」

「にゃはは、陽ちんはからかってるとおもしろいなー。いやー、それにしてもこのベッド、ふかふかだねー」

コロネはその感触をひとしきり満喫した後——

「わーい、コロコロー」

「人のベッドの上でコロコロするな」

「わーい、ゴロゴロー」

「人のベッドの上でゴロゴロするな」

「わーい、ゲロゲロー……おえええええええええっ！」

「吐いてんじゃねえええええっ！」

「にゃはは、じょーだんじょーだん」

好き勝手に暴れてふざけてようやく満足したらしいコロネは、今度はうつ伏せに寝そべり、両手で頬杖《ほおづえ》をついた。

そしてそのまま、上目遣いに問いかけてくる。

「ところで一つきいていい？　陽ちんはさ、どうしてそんなに目立ちたくないの？」

……それは、俺の生き方そのものに関わる質問だった。

でも、答え自体は非常にシンプルだ。

「親父だ」

俺があの『星超《ほしとおる》』と『大空美咲《おおぞらみさき》』の息子であるという事実。勿論《もちろん》公言はしていないが、さすがに地元の小学校では、周知の事実だった。

それに嫌気がさして、必死に勉強し家から少し離れた場所の私立中学になんとか合格――元々いた公立高校も、電車を乗り継いでわざわざ遠方まで通っていた。

転入することになった帝桜もそこに比べれば近いとはいえ、家庭の事情を知っている者は理事長を除いて皆無。

もし帝桜の立地が家の近辺だったとしたら、何が何でも転校を拒否していただろう。

それほどまでに俺は『星超』の息子だと知られたくないって事だ。

「パパさん？　あー、さっき電話でちょっと話しただけだけど、不思議な感じの人だね。なんか引き込まれるっていうか、『持ってる』感じがした」

そう……直接対面しなくても何かを感じ取れてしまうほどに、親父《おやじ》は特別なんだ。

「親父の話の前にまず……息子の俺が言うのもなんだけどさ、お袋って美人だろ？」

「うんうん、めっちゃ綺麗《きれい》だし、年齢も二十代後半にしか見えないよね。仕草とか喋《しゃべ》り方《かた》もかわいいし、芸能人でもやっていけそう」

「やっていけそうどころか、バリバリにやってたんだよ。芸名は大空美咲――超のつく有名女優だ」

「あ、そーなんだ。どーりで」

結婚を期に露出は減ったものの、未《いま》だにその熱狂的人気は衰える事を知らない。たまにTV出演したりすると、SNSの反響はとんでもないものになるし、山のようなファンレターやプレゼントが事務所を通して送られてくる。

「まあお袋が絶大な人気を博しているのは理解できるんだ。身内のひいき目を抜きにしてもビジュアルは最高クラスだし、普段はぽやぽやしてるくせに演技をさせれば天才的。家事スキルも抜群――お嫁さんにしたい芸能人ナンバーワンに輝いた事もある、非常に分かり易《やす》い国民的女優だ――でも、親父は違う」

そう、星超という人物は――

「特別に顔が整ってる訳じゃないし、殊更頭が切れる訳でもない。運動能力も十人並みで、別に際立った一芸もない」

では、何が親父を人気者たらしめているか？


答えは、分からない。


しかし、人を惹《ひ》き付ける。

言葉なのか、行動なのか、はたまた人柄なのか。

要因は全くもって不明だが、結果として親父の周りには人が集まる。

そして黄色い歓声を上げ、羨望の眼差《まなざ》しを送り、心に火を灯《とも》す。

ごく稀《まれ》に、いるんだ。

ただそこに存在すること——それ自体が祝福されるような人間が。

「なのにスターなんだ。理由は全く分からないけど、俺が物心ついた時から今に至るまで、ずっとスーパースターなんだよ親父は……」

「あー、いるいる。なにが魅力なのか言語化はできないんだけど、いつの間にか世の中の中心になってるような人。理屈を超越したカリスマみたいな？　歴史上の人物に多いんだよねー——ん？　でもそんなにすごいパパさんなら自慢したくなるんじゃやな——」

「最初の頃はな」

俺はやや被《かぶ》せ気味のタイミングで即答した。

「幼稚園くらいまでは憧れてた。将来は親父みたいなキラキラした存在になりたいって思ってた。でも俺が小学校一年生の時にそれは起こった……親父がイメージキャラクターを務めていた大手飲料会社がスポンサーの、生放送番組——そこで、その企業の炭酸飲料を一気飲みするっていう企画があった。親父は無事にそれを成功させたんだけど、誰にも頼まれていないのに調子に乗って二本目も勝手にトライしだした……そんでもって盛大にリバースしやがった」

「うわー、大事故じゃん」

「普通ならな。でも番組スタッフの人の機転で、ギリギリCMに切り替わって、吐いてる瞬間は放送されなかったんだ。そんで家に帰ってきて、『はっはっは！　あとコンマ数秒遅かったら違約金で破産していたかもしれないな！』って笑ってるんだぞ……思考回路が一ミリも理解できなかった……」

「おー、それはなかなか豪快ですなあ。でもギリギリセーフっていってもさすがにスポンサーからは怒られたんじゃない？」

「……それが、逆だったんだ」

「逆？」

「ああ……そのリバースギリギリで切り替わって流れたＣＭが旅行会社のもので、シンガポールツアーを宣伝するやつだったんだ。で、それがマーライオン（水吐き出してるアレ）のアップから始まる構成で——親父がほっぺ膨らましてるところから切り替わってのマーライオン——あまりの神がかったタイミングにネット上では『奇跡の身代わり事件』として大バズり……シンガポールツアーのプランは即完売。それが縁になって旅行会社ともＣＭ契約、なぜか相乗効果でリバースした飲料もトレンド入りして売上爆伸び——怒られたどころか感謝状まで贈られてくる始末だ……もう訳分かんねえよ」

「なにそれミラクルにも程があるじゃん」

「……ああ、それからしばらく親父はゲロ神様《がみ》って言われてたよ」

「うわ、それはちょっとキツいねー。あ、ひょっとして学校でその事イジられて嫌になっちゃったとか？」

「それも逆だ……みんなが羨望の眼差しを送ってくるんだ。『陽太《ようた》くんのお父さんすごいね！』『ゲロ神様のサインもらってきてよ！』って。煽《あお》ってるとかじゃなくて、ガチで目をキラキラさせて……その時幼心に俺は思ったよ。これを喜べる人間じゃないとああはなれないんだって。親父と俺は根本のところからして違うんだって。実際、親父はメチャクチャおいしいと思ってたみたいで、はしゃぎまくってたからな」

「いやー、でもパパさんは芸能人の中でもちょっと特殊な気がするけどなー」

「ああ……でもな、俺はそっから何回も何回も同じような事を目の当たりにしてきたんだ……『にらめっこ強すぎて相手の大物俳優過呼吸病院送り事件』とか『催眠術で自分を雑巾だと思い込んでスタジオピカピカ事件』とか『火遊び《スキャンダル》報道かと思ったら女優とマッチ棒パズルで遊んでただけ事件』とか……例を挙げればきりがない」

「ふむふむ、タイトルだけでもう中身読まなくてもいいラノベみたいですな」

……合ってるけど、そういう事は言わない方がいいと思います。

「そんな感じで親父が注目を浴び、賞賛される度に反比例して俺の心は萎《しぼ》んでいった。人前に立つ人間に必要なのは、目立つ才能じゃない。目立つのを受け入れられる才能なんだって」

「にゃるほど、要は本人がそれを楽しめるかどうかって事だね」

「ああ、身近にあまりにも強すぎる光があったから、自分が影側の人間だって早い段階で気付けたんだろうな。ある意味最高の反面教師だったよ……あ、でも勘違いしないでほしいんだけど、親父とかその仕事が嫌いって事じゃないぞ。そのおかげで何不自由なく生活させてもらってる訳だし、感謝はしてる。あくまで俺自身がそういうのに全く向いてなかったってだけの話だ。やっぱり人生、騒がず出しゃばらず堅実地味に生きるのが一番だ」

「そっかー。私はどっちかっていうと目立つの好きだけどなー」

「まあコロネはそんな感じするな……でもうちの家族は『どっちかっていうと』なんてレベルじゃないんだ。親父は言わずもがな、お袋だっていざメディアに露出するとなるとノリノリだし、留学中の妹もそっちの人間でだな……なんでも、勉強の合間にアイドルまがいの事はじめて、既に地元の英雄みたいな扱いになってるとかで…………俺なんて、それ聞いただけで胃が痛くなってくるわ」

「あー、妹ちゃんもなのかー…………ふむふむ、陽ちんの背景についてはなんとなく理解できたよ。うん、話してくれてあんがとね」

「ああ……これでお前も満足しただろ？　早いとこ、ここから出てってくれ」

　コロネには警戒心というものが存在しないのか、そのパジャマ姿はあまりにも無防備で……正直、目のやり場に困る。

「え？　なんで？　こんな美少女が同じ部屋にいるのに何もしないの？」

「だからしないっての……お前と俺、今日会ったばっかりだろうが」

「うわー、堅いなあ。こういう堅物をオトすにはなんか特殊な刺激が必要……あ、そうだ。ママさん呼んで、エッチな事してる現場を見てもらう？」

「狂気の沙汰か！」

まったくこいつはその気もないくせに人の事をからかいやがって……

「いいからふざけた事言ってないでさっさと出てい――」

【選べ　①コロネにエッチな事をする
　　　　②ゴロ寝枕にエッチな事をする】

「特殊性癖ってレベルじゃねーぞ！」

3

明けて、翌日。

「おい、これはなんだ、言ってみろ」

私立帝桜学園理事長、王神愛《おうがみあい》は一枚の写真を俺に提示した。

「い、いや、これには訳があってですね――」

「答えろ。これはなんだと訊《き》いている」

王神理事長は有無を言わせぬ口調で俺のセリフを遮る。

その言葉の端々から発せられる、肉食獣のような圧倒的強者のオーラ……答えないという選択肢は存在しなかった。

「俺が……服従のポーズでキメ顔しているところです」

「…………………………ぷっ……クハハハハッ！」

たまらず噴き出す王神理事長。

「何かやってくれるとは思っていたが想像以上だ大供《おおとも》陽太。実に結構！　期待を超越するイカれっぷりだ！」

防犯カメラの映像からわざわざプリントアウトして、本人に見せつけるような人には言われたくないんですが……

「笑い事ではありませんぞ理事長！」

その横で一人の中年男性が声を上げた。

「いくら常識に囚《とら》われない才能が集まる帝桜学園とはいえ、初日からここまでやらかした輩《やから》は記憶にない」

声の主の名は金剛寺《こんごうじ》龍厳《りゅうげん》。

戦国武将でもなかなかいないだろって程のいかつい字面だが——高級そうなスーツが今にも弾《はじ》け飛びそうな筋骨隆々ぶり、顎と頬をびっしりと埋め尽くし、存在を主張する豪快な髭《ひげ》、その上部に鎮座するはとても堅気とは思えぬ凶悪な眼光——名前負けどころか、それを軽く上回ってしまうような強烈なビジュアルの御仁だ。

信じられるか？　これ、帝桜の校長なんだぜ？

「おい貴様、宝條《ほうじょう》ホールディングスの一人娘と揉《も》め事を起こしたそうだな」

「は、はい、まあなりゆきというかなんというか……あはは」

「笑っとる場合ではないわこのたわけが！」

「ひいっ！　す、すみません！」

お、おっかねえ……王神理事長は強い、という印象だったがこの金剛寺校長はただ単純に怖い。

「自分のしでかした事の重大さが理解できておらんようだな。結果的に丸く収まったようだが、下手をすればこの学園の経営悪化を招きかねん事態だったのだぞ」

や、やっぱり帝桜において『宝條』の影響力は大きいんだな……

「まあそう怒らんでやってくれ校長。面白かったんだからそれでいいだろう」

「甘い！　それは楽観的すぎますな、理事長。万が一にも国内のメインスポンサーを失うような事になったらどうなさるおつもりか。最悪、敵視でもされた日には目も当てられませんぞ」

「心配するな。宝條のトップはよく知っているが、子供のじゃれ合いをビジネスに持ち込むような人間じゃない――まあ万が一私にケンカを売ってくるような事があれば、宝條だろうがなんだろうが叩《たた》き潰《つぶ》すだけだ」

一個人があの宝條に対抗なんてできるはずがないんだけど……なんか王神理事長が言うと冗談に聞こえないんだよな……

「そもそも考え方が堅いんだよな、ゲンゲンは」

「その呼び方はやめていただきたいと何度も申し上げている！」

「クハハ、あまりにもゴツゴツネームだから、少しでもかわいらしくしようとしてやってるだけじゃないか」

「こ、この女……」

「ん？　何か言ったか校長？」

「この女と言ったんだ悪いか！　見とれよ、いつか理事長の座から引きずり降ろしてやるからな！」

おいおい、なんかとんでもない事言い出したぞこの人……

「クハハ、相も変わらずいい野心だ。私はそういうところが大好きだよ、校長」

「私は大いに嫌っておりますがね！」

なんかおなじみのやりとりっぽいな……まあ王神理事長は周りをイエスマンで固めるタイプじゃなさそうだし、こういうストレートな人の方が好きなんだろう。

「それでも私は貴女《あなた》の人を見る目だけは信用していましたが……昨今のスカウトに関しては甚だ疑問ですな。先週の粗忽《そこつ》で騒がしい女子などは、とても帝桜に相応《ふさわ》しい人材とは思えませぬ」

それってオハナの事だよな？　あいつも理事長が直で引っ張ってきてたのか……

「それに加えて今週の――」

金剛寺校長は俺に視線を向け、絶対に教師がしてはいけない目つきで睨《にら》み付けてきた。

「貴様の顔はよく覚えたからな大供陽太！　理事長のお気に入りだろうがなんだろうが、これ以上問題を起こせば即刻学園から叩《たた》き出してやるから肝に銘じておけ！」

【選べ　①ゲンゲンのお尻をペンペンと叩く
　　　　②ゲンゲンのお尻をパンパンと叩く】

どっちも同じじゃねえか！

「……あ、あの校長先生……これから俺――いや、僕は些《いささ》か失礼な態度をとると思うんですが……許していただけますでしょうか」

俺は姿勢を正して、金剛寺校長の目を真《ま》っ直《す》ぐに見つめた。

「不審に思われるでしょうが、どうしても言えない訳があるんです……何卒《なにとぞ》ご勘弁を！」

そして深々と頭を下げる。

「ふむ……礼儀正しい人間は嫌いではない。どうやら何か訳ありのようだな。よかろう、多少の粗相には目を瞑《つぶ》ろうではないか」

「あ、ありがとうございます！」

事前の許諾を得た俺は、金剛寺校長の後ろに回り込み――

「おしーり……………ペンペン！」

「舐《な》めとんのかテメェ！」

「ぐえええええええっ！」

思いっきり襟首を締め上げられた。

「は、話が……話が違ううぅっ！」

「校長の尻を叩くのは多少の粗相ではないわボケェ！」

仰《おつしや》る通りでございます……

「げほっ……ごほっ……」

数十秒の拘束の後ようやく解放された俺は、四つん這《ば》いになって息を整える。

「す、すみませんでした……」

「ふん、全くもって訳の分からん奴《やつ》だ。普段の言動は至って常識的なのにもかかわらず、突発的な奇行を繰り返す……どうにも解せんな」

怪訝《けげん》な表情を見せた金剛寺校長は、俺の傍《そば》まで寄ってきてしゃがみ込んだ。

「どれ、ちょっと見せてみろ」

そして、俺の顔をまじまじと見つめた。

「ふむ……私も長い教員生活の中で、数多くの生徒と接してきた。理事長とは比べるべくもないが、目を見れば大体どのような人間であるかくらいは判別がつく……お前はどうやら心根の真っ直ぐな人間であるようだな」

「こ、校長先生……」

いきなりあんな失礼な事をした俺に、こんなに真摯に向き合ってくれるなんて……教育者の鑑《かがみ》だこの人っ……

「何やら厄介な悩みを抱えているようだな。まあ人間、生きていれば壁にぶち当たる事なぞしょっちゅうだ。そんな時は遠慮せずに人生の先輩である私達にどんどん相談を――」

【選べ　①ゲンゲンに壁ドンする
②ゲンゲンに顎クイする】

どこの誰に需要があんだよそれ！

「どうした？　急に顔色が悪くなったようだが」

「い、いえ……校長先生……お話の途中で申し訳ないんですが、ちょっと立っていただいてよろしいですか……ありがとうございます……そしたら今度はもうちょっと、壁に近づいていただいてですね……」

「壁？　これでいいのか？」

「はい、それで結構です」

ドンッ！

「なんだお前、近くで見ると綺麗《きれい》な目してるじゃ…………してませんね、なんかちょっと濁ってます」

「喧嘩《けんか》売ってんのかテメェ！」

「ぐえええええええっ！」

しまったあっ！　つい見たまんまを口にしてしまったあああああっ！

「や、やめろ……お前達、私を笑い死にさせる気か……」

俺がさっきよりも五割増しで締め上げられる中、王神理事長は身体《からだ》をプルプルと震わせていた。

「前言撤回じゃあ！　その曲がった性根叩《たた》き直してやるこのガキャア！」

「ぎゃあああああっ！」

「よかったなゲンゲン、生徒にイジられるなんていい教師の証《あかし》だぞ」

「小娘は黙っとれ！」

「クハハ、まさか小娘扱いしてくれるとは。女の扱いを知っているじゃあないか」

「うるさいわ！　スカウトする方もする方だが、やはり問題はお前だ小僧！　転校早々あまりにも意味不明な言動の数々……この学園で一体何がしたいんだ貴様！」

「えっと……目立たずひっそりと生活したいです」

「信じられるか！」

……ですよね。

4

そんな最悪の朝イベントを経た後のＨＲ。

「やっほー！　今日からお世話になる留学生のコロネでーす。みんなよろしくねーっ！」

マジかよ……ほんとに転入してきやがったぞこいつ……

「か、かわいい……」「な、なんだこのビジュアル、最強すぎるだろ……」「プロポーションも完璧だし、ここまでいくと嫉妬も起きないわ……」「こ、これなら十咲《じゅっしょう》狙えるんじゃねえのか……」「バカ、さすがに見た目だけでなれる訳ねえだろ」「いや、ウチが留学を受け入れてるって事は、なんかの才能もあるんじゃねえのか？」「マジかよ……だとしたら最強だろ」「なんか、別の世界の人みたい……」

まあこういう反応になるわな……明らかに纏《まと》うオーラが異質だし、別の世界の人というのもある意味正解だ。まあ人じゃなくて天使なんだけども。

「はいはーい！　コロネちゃん、留学生って事は誰かの家にホームステイしてるの？」

うっ……まあそりゃその質問は出るわな……マズい……こんな話題の塊みたいな奴と一

つ屋根の下で暮らしてるとなれば、嫌でも注目が集まってしまう。

頼む……なんとか当たり障りのない言い回しにしてくれ、コロネ。

「そこにいる大供の陽ちんの妹になりきって、部屋で一緒に寝たよー」

「当たり障りしかねえじゃねえか！」

「はあああああっ!?」「い、一緒に寝ただとっ！」「すげえ奴だと思ってたのに……許せん！」「てか妹ってどういう事だよ……」「やっぱりただの変態だったの……？」

「ま、待て、違うんだ、誤解だ！　コロネとはなんでもない。俺は——」

【選べ　①平塚らいてうにしか興味がないと告げる
　　　　②小野妹子《おののいもこ》にしか興味がないと告げる】

あるわ！

てか小野妹子って男じゃねえか！

昨日からなんで偉人にしか興奮しねえ奴みたいになってんだよ！

どうする？　……どうするこれ？

いや、別に同性同士の恋愛を否定する訳じゃないけど……俺はそうじゃないし、余計な誤解を与える事は避けた方がいいだろう。

と、なると……

「み、みんな聞いてくれ！　……お、俺は……平塚らいてうにしか興味がないんだ！」


「「「「お、おう……」」」」


「全会一致で納得しないでくれ！」

まあ昨日その名前を叫びながら壁にキスしたからな、俺……

「にゃっはっは。じょーだんじょーだん。ホームステイしてるのはほんとだけど、陽ちんは私に対してやましい事は何もしてないよん」

コロネの発言に、教室の男子のほとんどがほっと胸を撫《な》で下ろした様子だった。

「あ、でもゴロ寝枕をおっぱいに見立ててモミモミしてたよ、なんか」

「鬼かお前！」

「天使でーっす」

そんな地獄のようなＨＲが終わるとコロネの机の周りには人だかりができ、質問攻めにあっていた。また余計な事言い出さないだろうなあいつ……

そんな心配をする俺の肩を、何者かがちょんちょん、とつついた。

「ダイキョーさん、ダイキョーさん」

「ん？　ああ、おハナか。どうした？」

「どうした、じゃありませんよ。一体なんなんですか、あの不二子《ふじこ》ちゃんの色気と禰豆子《ねずこ》ちゃんのかわいさを足して引いたような人は」

足して二で割った、だろ普通……足して引いたら結局何もしてねえじゃねえか……

「これは困りましたよ……このままではクラスの人気者の座を奪われてしまいます」

「え？　お前別に人気者じゃないから関係ないだろ」

「ボケてるのに素で返すのやめてもらっていいですか！」

「ああ、悪い悪い。心の声がつい」

「わ、私はこれからの女なんです！　……ともかく、あのコロネさんからはただならぬオーラを感じます。私のスーパースターへの道に居座る事必至のいわば邪魔者。くっくっく、これは早めに排除しないといけませんねぇ」

マンガ第一話のやられ雑魚《ざこ》キャラみたいな笑顔を浮かべるおハナ。

「排除って……具体的にはどうするんだ？」

「ふふん、まあ手始めに、今朝お母さんとケンカして、報復にお弁当に入れられた苦手なピーマンを、無理矢理《むりやり》コロネさんのお弁当に詰め込んでやります」

嫌がらせがあまりにもセコすぎる……

「あ、でもそれは自分でちゃんと食べて『お母さんごめんね』って言いたいからやめておきましょう」

いい子かよ。

「あ！　なんですかダイキョーさん。『お前、イキってるだけでどうせ大した事できないだろ』みたいな顔して」

すげえな一言一句違《たが》わずその通りだよ。

「ば、馬鹿にしないでください！　私がどれだけワルか、思い知らせてやります……えーと……うーんと……あ、そーだ。牛乳！　牛乳に浸した雑巾を彼女の下駄箱《げたばこ》に突っ込んでやります……クク、これは学校に来るのが嫌になりますよぉ」

おお、おハナにしてはなかなか陰湿な事を思いついたな。

「あ、でも飲み物を粗末にするのはいけませんから、小さめの乳酸菌飲料を靴の隣に添えておくだけにしましょう」

ヤクル○のおばさんかよ。

「まあでも、一番てっとり早くて分かり易《やす》いのは直接対決でしょう。直《じか》に乗り込んでコロネさんを泣かせてきますから見ててくださいねっ！　……コロネさーん！　ちょっとお話がありまーす！」

なんかこれ、昨日の宝條の時と同じ流れな気が……

まあ相手がおちゃらけコロネだから、おハナが泣かされるような事は万が一にも――


「ひぐっ……ふえええっ……」


「何があった一体!?」

「だ、だって……どっちが先に相手を泣がせられるか勝負じようって言ったら、ゴロネさんが『ごんぎつね』を朗読じだして……卑怯《ひきょう》でずよぉ……」

高校生が『ごんぎつね』で号泣するなよ……

「にゃっはっは。残念だったねおハナちゃん」

人だかりから抜け出したコロネが、楽しそうにこちらにやって来た。

「ううっ……ずびっ。見ててください……いつか吠《ほ》え面《づら》かかせてやりますからねぇ」

「ほれほれ、泣かない泣かない。ほら、このアメあげるからさ」

「わあ、ありがとうございますっ！」

一瞬でぱああ、と顔を綻ばせるおハナ。

「いや、お前チョロすぎだろ……」

「ふふん、どうやらコロネさんはなかなかいい人のようですから、当面のターゲットにするのは勘弁してあげましょう」

「うん、なんかよく分かんないけどあんがとー」

上機嫌になったおハナは、得意げに人差し指を立てた。

「そもそも素材がものすごいといってもコロネさんはあくまでニューカマー。最速でスターダムへ駆け上がる為《ため》に倒すべき存在は、他にいます。ダイキョーさん、昼休みにちょっと付き合ってもらえませんか？」

そしてドヤ顔で言い放つ。

「今日、『帝花十咲』の一角――淡雪《あわゆき》テラさんを堕《お》とします」

5

泡雪テラ。

その名前にはなんとなく聞き覚えがあった。

『帝花十咲』とは関係なく、どこかで耳にした事があるような……まあ、日本でもトップクラスの才能を有する高校生ともなれば、何かのメディアで特集されていてもおかしくはないかもしれな――

「着きましたよ、ダイキョーさん。ほら、ちょっと頭を下げてください」

考え事をしながら歩いているうちに、目的の二年七組付近まで来ていたみたいだ。

「そんなんじゃ足りませんって。もっと……もっとしゃがまないとっ」

「いや、なんでこんなコソコソ盗み見るような真似《まね》してんだよ……」

「ふふん、分かりませんか？　偵察なんてしてるのがバレたら小物みたいじゃないですか。『は？　お前の事なんか知らなかったし』みたいな感じでかっこよく倒したいんです」

こ、小物くせぇ……

俺はおハナと並んで廊下にしゃがみ、窓から顔だけを出して教室内を覗《のぞ》き込んだ。

「ほら、あそこ。あの窓際に座ってる、銀色っぽい髪の子です」

おハナの誘導に従い、視線を向けた俺は――

「――っ⁉」

言葉を失っていた。

それは、コロネを初めて見た時と同じくらいの衝撃。

美しい……不自然なまでに容姿が整っていると感じたのもあの時と同じだ。

だが、その方向性は決定的に異なる。

コロネからは文字通り人間離れした神々しさを感じたが、そこから溢《あふ》れていたのは『正』のエネルギー――躍動感と輝きに満ちたオーラだった。

対してこの淡雪からは『生』を一切感じない。

病的なまでに真っ白な肌。ここではないどこかを見据えているような瞳。感情の色が全く感じられない表情。

冷たい、というのともまた違う。

一言で表すのなら『無』だ……彼女からは一切の動的な情報が伝わってこない。

本当に人間か？　……申し訳ないが、率直な第一印象はそれだった。

「あ、あれが『帝花十咲』か……たしかに一目でただもんじゃないって分かるな」

「ふっふっふ。そうでしょうそうでしょう」

なぜか我が事のように胸を張るおハナ。

「いや、なんでお前が誇らしげなんだよ……」

「ふっ、ライバルを褒められるというのも悪い気はしないものです」

ウゼぇ……

「……で、あの子は一体何の才能の持ち主なんだ？」

「あ、それなんですが、実は……淡雪さんに際立った才能はありません」

「え？」

おハナから返ってきたのは意外すぎる答えだった。

『帝花十咲』なのに才能がない……？

「まあ、それについては口で説明するよりも、実際に見てもらった方が早いと思います……あ、丁度お友達らしき人達が淡雪さんに寄っていきますよ」

「淡雪さーん、一緒にお昼ご飯食べよ！」

おハナの言葉通り女子の三人組が淡雪に声をかけ、彼女が頷《うなず》くやいなや机を四つ合体させた。そして全員が弁当を開いたところで、三人の中の一人が淡雪に提案する。

「あ、淡雪さんのお弁当にも卵焼き入ってるんだね！　ねえねえ、よければ私のと取り替えっこしない？」

「分かった」

淡雪が無表情のまま端的に答えると、対照的に彼女はウキウキした感じで自分の卵焼きを差し出した。

「へへ、実はこれ私が自分で作ったんだ。隠し味に味噌《みそ》が入ってるんだよ。焼き方にもちょっとしたコツがあってね、結構自信作なの！」

「田中《たなか》さん、それは奇遇。今日は私も卵焼きを自分で作ってきた」

「わー、淡雪さんの手作りなんてめっちゃ楽しみ！」

田中というらしいその子は満面の笑みとともに、淡雪作の卵焼きを口の中に放り込む。

「いっただきま――」

しかしその直後、彼女の表情は一変する。

「なっ……」

絶句したその子は、呆然《ぼうぜん》とした感じで目を見開いていた。

ど、どうしたんだ？　……そんなにまずかったのか？

田中はワナワナと身を震わせながら頭を抱える。

「あ、あれ……おかしいな？　……な、なんかこれに比べたら私の作った卵焼きって食べ物としての次元が……というか食べ物って言えないかも……ああ、そうか、味噌と間違ってうん○入れちゃったのかも」

なんかとんでもない事言い出したぞ！

「お、おいしい……信じられない程おいしい……クソおいしい……そして私の卵焼きにはク○が入ってるかもしれない」

そんな訳ねえだろ！　自信の失い方が独特すぎるわ！

「ああ、でもそんな事どうでもよくなるくらいにおいしい……私、淡雪さんの友達でほんとによかった！」

おいおいマジかよ、ちょっと涙ぐんでるじゃねえか……卵焼き一つでここまで人の心を動かすとは………ああ、そういう事か。

淡雪の才能は料理——


「い、いやあああああああっ！」


そこで唐突な悲鳴が教室に響く。

それは、卵焼き少女田中の隣に座る女の子が発したものだった。

「ど、どうしたの近藤《こんどう》ちゃん？」

田中が怪訝《けげん》な感じで尋ねると、近藤と呼ばれたその子はモジモジしながら口を開く。

「う、うん……ちょっと恥ずかしいんだけど、お弁当だけじゃ足りないから、購買でパンも買ってきてたの。でもうちの購買ってメチャ込みで戦場と化してるから、オバちゃんがオーダーうまく聞きとれなかったのかも……ブリオッシュを頼んだはずなのに、袋を開けたら鰤《ブリ》の雄《オス》が入ってたの」

どこにそんなもん売ってる購買があんだよ！

「ど、どうしよう……私、どうしても……どうしても鰤の雄だけは食べられないの……雌だったらいけるんだけど」

どんなこだわりだよ！　きょうび海原《かいばら》〇山《ざん》でもそんなイチャモンつけねえわ！

「ああ……どうしよう。まだお刺身のパック開けてないから返品はできるだろうけど、生ものの返品は五分以内って決まってるの……レシートの打刻からしてあと三十秒……どう頑張っても間に合わないわ」

ツッコミどころ満載の謎ルールに頭を抱える近藤の肩に、ぽん、と手が置かれた。

「任せて」

その言葉を発した少女は立ち上がるや否や——

ドヒュン！

「え……？」

廊下から覗《のぞ》いていた俺とおハナの後ろを、風の様に駆け抜けていった。

い、いま走ってったの……淡雪だよな？

あまりのスピードに呆気《あっけ》にとられている間に――

バヒュンッ！

再び俺達の傍《そば》を疾走し、見事なコーナリングで教室に帰還する淡雪号。

は……はえぇっ！

「交換、間に合った」

「あ、ありがとう……ありがとう淡雪さん！」

近藤は、感激しながら手渡されたブリオッシュを頰張った。

「な、なんだったんだ、今の異様な走りは……」

その速度自体もさる事ながら、フォームが完璧だった。

いや、俺は素人なんで本当に完璧かどうかは分かんないけど、手の振りといい、腿《もも》の上げ方といい、なんかオリンピックの時に見るアスリート達と比べても遜色ないようなフォームに見えた。

どういう事だ？　……さっきの卵焼きはたまたまうまくできただけで、淡雪の才能は料理じゃなくて短距離走――

「い、いやあああああああっ！」

こ、今度は一体なんだよ……

「ど、どうしたの高橋《たかはし》さん」

鰤の雄少女近藤が問いかけたのは三人組の最後の一人……このグループ、もう少し落ち着いて食事できないいんだろうか……

「と、特別顧問の先生が……著名な書家でもある北親父魚山人《きたおやじぎょさんじん》先生が、私達書道部の為《ため》に筆をとってくださった書に、重大な間違いがっ……」

なぜそれを食事時に確認する……

「間違いって、どんな？」

「点が……点が一個多いの……しょ、『少年よ、大志を抱け』って書いてもらったつもりだったのに……」

書道少女高橋は、声を震わせながら半紙を高々と掲げる。

『少年よ、太志《ふとし》を抱《だ》け』


なんかBLみたいになってるじゃねえか！

「な、なんでそんな間違いを……」

「北親父先生は大分お年を召しているから、このくらいのミスは仕方ないと思——ああっ!?　こっちは逆に点が足りないわ！」

そして再び半紙を掲げる高橋。

そこに書かれていたのは——


『藤《ふじ》〇弘《ひろし》』


「これじゃ駄目っ……『藤〇弘、』さん……『〇岡《おか》弘、』さんが正解なのよ……」

というか普通、こういうお題で個人名はチョイスしないだろ……

「ま、まあでも北親父先生はボ——本当にお年を召しているから、致し方ないわね」

なにやら不穏な言葉を吐きかけた高橋だが、なんとか大人の言い回しに修正したようだ。

「ああっ！」

……どうやら三つ目の間違いを見つけてしまったらしい。

「た、足りない……今度はアレが足りないわ」

「ど、どうしたの？　一体何が足りないっていうの？」

「ええ……本来ならば『金科《きんか》玉条《ぎょくじょう》』って書いてもらうはずだったんだけど……」

金科玉条……たしか、『絶対的な決まり事』とか『人が絶対的な拠《よ》り所《どころ》とするような信条』とかいう意味だったはず……渋いチョイスではあるが、お題としてはおかしくない。

しかし高橋が三度《みたび》掲げた半紙に記されていたのは――


『金玉』


魚山人完全にボケてるだろ！　足りないってレベルじゃねーぞ！

「ああ……書道部はもう完全に終わりだわ……あんなジジイでも一応は権威のある著名人。書いてもらったものをそのまま捨てるなんて事はできない……『太志』と点のない『〇岡弘』さんと『金玉』を部室に飾らなければならないなんて……来年の新入部員が入ってくる訳がないわ！

……それ以前の問題として女の子が大声で『金玉』とか言わない方がいいと思います。

「高橋さん、任せて」

「え？」

わなわなと震える高橋の肩にぽん、と手を置いたのは淡雪。

「ちょっと習字道具、借してくれる？」

「え、ええ……それなら私の鞄《かばん》に入ってるけども……」

「分かった」

言うが早いか、高橋の鞄から何点かの道具を取り出し、慣れた手つきで墨をすったかと思うと――

『少年よ、大志を抱け』『藤〇弘、』『金科玉条』

の三枚を、流麗な動作ですらすらと書き上げた。

う、うめえっ……

俺には書の善し悪《よあ》しなど全く理解できないが、この三枚は素人目にも明らかにとんでもなくうまいのが分かった。とめ、はね、はらい、全ての部位に無駄がなく、洗練されていて美しく、かつ独創的……まさに芸術と呼ぶに相応《ふさわ》しい作品だった。

しかし、一番に驚くべきはうまさそのものではなかった。

「き、北親父先生の筆跡とそっくりだわ……」

そう。それは、特別顧問が書いたものと寸分違わぬように見えた。本人が失敗作を書き直したとしか思えないような出来映え……不自然すぎるほどの、完璧な模写だった。

「北親父先生の込めた魂までは再現できないから、芸術作品としての価値は天と地程も違うけど、形だけはうまく似せられたと思う。これなら部室に飾ってもバレないはず」

「あ、ありがとう……淡雪さんほんとにありがとうっ！」

「なんだなんだ？」「淡雪さんがお騒がせトリオの悩みを解決したみたいだぞ」「うお、流石《さすが》は淡雪さん」「テラちゃんってなんでも助けてくれるよね！」「私も何回救われたか……すごすぎてなんか同じ高校生じゃないみたい」「やっぱ『帝花十咲』はパねえぜ！」

クラス中が盛り上がりを見せる中、当の淡雪本人は何事もなかったかのように無表情を貫いていた。

「いやお前、あれのどこが才能なしなんだよ……」

俺は隣のおハナにジト目を向けた……過小評価にも程があるだろ。

「違いますダイキョーさん、私はさっき際立った才能はないって言ったんです」

「何言ってんだ？　たった数分の間に料理と短距離走と書道のとんでもない才能発揮して

たの、お前も見ただろうが」

「はい、ですから、全てにおいてとんでもないっていうお話です。特定の何かが際立っているんじゃなくて、全部なんです」

「は？」

「基本的に『帝花十咲』メンバーはみんな、超一芸特化タイプです。自分の得意とする分野においてものすごい力を発揮する天才達——でも、淡雪さんは違います。彼女は究極のオールラウンダー……あらゆる事柄において完璧なんです」

「オールラウンダーねえ……でもそれって器用貧乏っていう事じゃないのか？」

「ふっ、ダイキョーさん、何も分かってませんねぇ……」

……だからなんでこいつがこんなに偉そうなんだ。

「淡雪さんのは最早《もはや》そういう次元じゃありません。分かりやすくパラメーターっぽい書き方をするとですね——」

おハナはなにやらメモ紙に殴り書きをすると、こちらに見せてきた。

他の十咲　C　D　C　E　D　B　D　SS
淡雪テラ　S　S　S　S　S　S　S

「こんな感じですね。ちなみに基準を言うと、ＳＳはゆくゆくは世界の頂点を狙えるであろう値ですね」

「は？　……いや、世界を狙えるって…………いや、帝桜ならありえるのか。実際世界的な有名人も輩出してる訳だからな」

　まあそんなのが十人もいるなんて滅茶苦茶《めちゃくちゃ》だが……

「そして、Sは日本国内でトップテンに入るくらいの実力って感じですかね」

「国内トップテンか。まあ世界に比べればアレだけど、それでも十分すご——」

　…………………ん？　待てよ。

「いやいやいや、ありえないだろ。この項目って要は知力とか運動神経とか芸術スキルとかそういうのだろ？　…………それが全てS？」

　天は二物を与えず、なんて言葉があるが、もし本当なんだとしたら二物どころの騒ぎじゃない。全てのジャンルにおいて国内トップクラス？　……そんなの世界一の才能を一つ有しているっていうのよりも、よっぽどぶっ飛んでる。

「でも、実際にそうなんだから仕方ありません。特に学力はとんでもなくて、入学以来全ての試験で、学年一位以外の成績をとった事がないそうです。国内でも最高の偏差値を誇るこの帝桜で一番という事は、トップテンどころじゃなくてトップそのものです」

　は？　……日本一頭がよくて、ビジュアルも満点で、その他何をやらせても国内有数？

「いや……十咲がすごいってのは話には聞いてたが……それにしても化け物すぎるだろ……全てにおいて才能を授かるなんて、生物学的に起こりえるのか、そんな事」

「なんでも脳の発達具合が普通の人間とは異なっているそうです。脳科学分野の世界的企業と既に契約を結んでるって話ですし、学者さんとか偉い人達の間では『人間の進化における新たな可能性』とまで言われています」

な、なんだそれ……もう教科書に載るようなレベルじゃねえか……

「という訳で淡雪さんは過去最強と謳《うた》われる現『帝花十咲』達の中でも、総合力ナンバーワンとの評価を得ています」

つまりはトップオブトップって事か……

「てかおハナお前……そんな冗談みたいな奴《やつ》を最初に狙うとか、なに考えてんだよ……」

「ふふん、分かりませんか？　狙うなら頂点からがいいに決まってるじゃないですか。倒した後で『クク……奴は十咲の中でも最弱』とか言われても困りますからね」

「誰がそんな四天王みたいな事言うんだよ……」

そもそも根本的な問題として、たとえ最弱だろうがおハナに十咲を倒せる訳がない。

「ふふん、まあ心配ご無用です。実は淡雪さんは十咲のトップであると同時に、一番引きずり降ろしやすい十咲でもあるんです」

「は？　どういう意味だ？」

　他の十咲を倒すには世界トップクラスの実力が必要で、淡雪ならばそれが日本一レベルで済むってことか？　……いや、仮に一つのジャンルで上回れたとしても、彼女の強みは総合力……全てにおいて上回らないと、淡雪に取って代わる事なんてできないだろう……やっぱり一番難易度が高そうに思えるんだが……

「ダイキョーさん、そもそもどんな時に十咲が入れ替わるか、知ってますか？」

「ん？　ああ、そういえば知らないな……」

　あれだけ煽《あお》っていた理事長は具体的には何も教えてくれなかったし、そもそも十咲に興味のない俺は、自分から調べるような事はしてないしな。

「まあパターンはいくつかあるんですけど、一番シンプルなのは十咲達の定めた『勝利条件』を満たす事です」

「『勝利条件』？」

「はい。『帝花十咲』の座に就いた生徒は必ず一つ、自身に対する『勝利条件』を設定しなければなりません。たとえば、『一対一のケンカで自分を倒す』みたいな感じのやつですね。もちろん、そういう直接的で物騒なものじゃなくてもＯＫです。勉強方面でも芸術分野でも、とにかく『こうなったら十咲の座を明け渡す』という条件を自分で決める感じですね。明確で具体的なチャンスを他の全生徒に示す事で、十咲争いを激化させるのが狙いなんだと思われます」

たしかに王神理事長は競争のないコミュニティーには未来がない、みたいな事も言ってたけども…………そのシステムには欠陥がある気がする。

「でもそれって十咲自身が決めるんだろ？　そんなの自分の得意分野——それこそ格闘技の天才が『一対一のケンカで自分を倒す』とか決めちゃったら、誰も達成できないだろ」

「ほとんどの場合はそうです。でも、王神理事長が求めているのは天才を倒しうる天才ですからね。過去には、数学の分野で上り詰めた十咲が定めた『数学オリンピックで自分よりいい成績を残す』という勝利条件を軽々と達成して入れ替わった例もあるみたいです。で、その新十咲は同じ勝利条件を定めたんですが、翌年になったらまたあっという間に別の人に……こんな感じの話はざらにあるそうです」

「うわ……やっぱ帝桜ってえげつねえな……」

「でも、自分の得意分野を堂々と設定しているんですから、ある意味一番フェアとも言えます。十咲の人達にもプライドがありますから『自分にじゃんけんで百回連続で勝つ事』なんていう、実質不可能な勝利条件を定める人は、ほとんどいません……でも、淡雪さんの条件は、そのどちらにも当てはまらない異質なものなんです」

「異質？」

「はい。淡雪さんは自分の才能とは全く関係のない『勝利条件』を設定しています……そしてそれは、正に私に達成させる為《ため》に決められたような条件なんです」

そしておハナは人差し指をぴん、と立てて自信満々に言い放った。

「それは『淡雪テラを泣かせる事』です」

6

「泣かせる？」

「はい。淡雪さんは去年の入学早々に『帝花十咲』となり、それ以来一環して『自分を泣かせる事』を『勝利条件』として定めているそうです」

なんでそんな妙な条件にしてるんだ？　全国模試でずっと一位なら『淡雪テラを模試の総合点で上回る事』とかにした方が安全だよな？　……それ以上に絶対に泣かない自信でもあるんだろうか。

たしかに淡雪は涙とは無縁な印象――いや、泣くとかそういう『哀』の部分だけじゃなくて、『喜』や『怒』、『楽』……その全てが感じられない。

「いや、相当難しそうな気がするんだが……なんで引きずり降ろしやすいと思うんだ？」

「だって私、人を感動させる才能あるじゃないですか」

「え？」

「え？」

お互いきょとんとして顔を見合わせる俺とおハナ。

「……ああ、人に笑われる才能と勘違いしてるのか」

「せめて『笑わせる』にしてくださいよ！」

まあ、おハナとも昨日知り合ったばかりだからな。もしかしたらそういう側面を併せ持っていたりはするのかも…………ないな。

「ふふん、どうやら凡人のダイキョーさんには溢《あふ》れるこの才能が理解できないようですね……見ててください、一発で涙ちょちょぎれさせてみせますから」

「お、おい、お前まさか……」

「たのもーっ！　です！」

ま、またあのバカは考えなしに突撃をっ！

止めた方がいいのは間違いないが……追いかけてったら目立つよな、絶対…………

…………うん、放置で。

というかまたしても見た事ある展開だけど……まあいくらなんでも三回目は——

「……ひぃーっ……ひぃーっ……」


「ある意味期待を裏切らない女だな！」

涙で顔をぐじゅぐじゅにしたおハナは、よろよろとこちらに戻ってきた。

「だ、だって……無表情で受け答えしてるとこに、いきなり変顔じてきて……」

え？　……変顔？

「だ、駄目です……思い出しただけで……ひ、ひぃーっ……お、お腹《なか》痛いですっ……」

ん？　……ちょっと待て、これってもしかして…………笑い泣き？

「変顔でお腹痛いって……それ、まさか淡雪がやったのか？」

「そのとーり」

「うおっ！」

唐突に背後から声がした。

「あ、淡雪？」

い、いつの間に近寄ってきたんだ……全く気配が感じられなかったぞ。

「はい、私が淡雪のテラちゃんです」

彼女は両手をＹの字に拡《ひろ》げ、片足を上げてポージングする。要はグリ◯のあれだ。

な、なんか…………思ってたのと大分印象が違う気が……

「あなたのお名前は？」

「あ、ああ……大供陽太だけど……」

「ほうほう……大供陽太君……ふむふむ…………うっ！」

淡雪はいきなり、顔を両手で覆って苦しみだした。

「お、おい、どうした！　なんか持病でも――」

「顔面びろーん」

現れたのは、変顔。

「ぷっ……」

それは完全に意識の外から放たれた、奇襲。

顔の引っ張れるところを引っ張れるだけ引っ張った、清々《すがすが》しいまでの変顔。

そしてそれだけふざけているのに、表情自体は完全な真顔。

そのギャップに、耐えきれなかった。

「ははは！」

思わず声を上げて笑う俺を見て、淡雪は首を縦にこくこくと振ってみせた。

「うむ、余は満足じゃ」

手を離した淡雪の顔面は、相変わらず完璧としかいいようのないもので……これが数秒前までああだったなんて、実際目にしてなお、信じられない。

「どうしたの大供君？　そんなに見つめて、私の顔にごはんつぶでもついてる？」

な、なんだ？　……この淡雪テラという女の子は一体なんなんだ？

「い、いや、そういう訳じゃないんだが……」

「どうしたの大供君？　そんなに見つめて、私の顔にごはんで○よでも塗りたくられてる？」

「それは言われなくても気付けよ！」

う、嘘《うそ》だろ……淡雪テラがこんなにふざけた性格の女の子だったとは……外見とか才能とのギャップ、ありすぎだろ。

でも、一体どうして――

「好きなの」

「え？」

淡雪は俺の疑問を察したように、答えを口にした。

「人が笑ってるのを見るのが」

彼女は表情を微動だにせずに、言葉を続ける。

「人が笑顔になってくれるのが。面白くて笑ってくれるのが一番だけど、困り事が解決してほっとしてる笑顔も好き。だから、余計なお世話かもしれないけど、色んな人を助けたりもしてる」

ああ、さっきクラスメイト達のトラブルを解決したりしてたのもそういう事か……

「いい」

「え？」

「あなたの顔は、いい」

そこで淡雪が突然一歩踏み出して、俺を覗《のぞ》き込んできた。

「お、おい……距離が近いって……お前こそ、そんなに見つめてどうしたんだよ」

「あなたの顔、ごはん◯すよのキャラクターの三木《みき》の◯平《へい》に似てるから」

「人生で初めて言われましたけど！」

「冗談」

ぐっ……ツッコミ気質で十数年生きてきた俺だけど、ここまで真顔で淡々とボケてくる奴《やつ》には出会った事ないぞ……

「でも、あなたの顔――笑顔がいいと思ったのは本当」

「え？」

「たくさんの笑顔を見てきた笑顔マイスターの私が言うんだから間違いない。大供君の笑顔はなかなかのもの」

「そ、そうなのか？　……そりゃどうも……」

「そして、この子も」

淡雪は、おハナの方にも視線を向けた。

「ひぃーっ！　ひぃーっ！」

まだ笑ってたのかこいつ……変顔がどれだけツボったんだよ。

「彼女には、女の子としての尊厳ゼロバージョンをお見せしたから無理もない」

「俺に見せたのは、あれでまだ手加減してたって事か……」

「そう。男の子に対する乙女の恥じらい。ぽっ」

淡雪は両手を頬に当てておどけてみせるが、相変わらずの真顔だった。

「ふ、ふう――っ。腹筋が崩壊するかと思いました……」

ようやく笑いの収まった様子のおハナは、腕組みをしながらふんぞり返った。

「なかなか小賢《こざか》しい事をしてくれるじゃないですか淡雪さん……ふふん、さては強力なライバルである私を笑い死にさせる作戦というわけですね……この御羽家月花《みはねやげつか》を相当恐れているとみえます」

「みはねやげっかちゃん……私も人の事言えないけど、変わったお名前だね？」

「はい。御中の御に鳥の羽に家で御羽家。お月様にフラワーの花で月花です。周りからはおバ――おハナって呼ばれています！」

自分でおバカって言いかけたなこいつ……

「おハナちゃん……うん。やっぱりいい。私はあなたの笑顔がもっと見たい。何か困ってる事ない？　私に解決できる事なら手伝うよ？」

「ちょ、ちょっと待ってください、礼儀として自己紹介はフレンドリーにしましたが、私は敵と馴《な》れ合う気はありませんよ！」

「敵？」

「ふふん、そーです。私は『帝花十咲』を全て倒し、ゆくゆくは世界のスーパースターになる女なんです！」

「おお、それは壮大」

「ふふん、でしょう？　という訳で、覚悟してくださいね。淡雪さん――いや、ライバルですから下の名前で呼ばせてもらいましょう――テラさんを泣かせてみせますからね！」

「おお、それは楽しみ。私を泣かせてくれるなら、今すぐにでも十咲の座をプレゼント」

「え？　……今すぐにでもって…………い、いいんですか、それで？」

「いいも何も、私はずっと勝利条件を『淡雪テラを泣かせる事』にしてるよ？」

「い、いや、それって、絶対泣かない自信があるって事じゃないんですか？　そういう条件にするのが、十咲の座を守れる可能性が一番高いからって事じゃ……」

「ううん。私は正直『帝花十咲』なんてどうでもいいの」

「なっ……」

おハナは絶句して、目を丸くする。

「しょ、正気ですか……十咲じゃなくなっちゃったら、全謁《ぜんえつ》権とか集会権とか改桜《かいおう》権とかその他も色々――ウハウハグヘグへな権利が使えなくなっちゃうんですよ？」

耳で聞いただけだと内容はよく分からんけど、十咲メンバーには手厚い特権が与えられているみたいだな。

というか三番目のはなんか響きが危険な気がするんだけど大丈夫だろうか……

「そういうのには全く興味がないの。私は純粋に、ただ泣きたいから条件に設定しただけ。それが目的でこの帝桜に入学したの。日本中の才能が集まるこの学校なら、可能かもしれないから」

「そ、その為《ため》に帝桜にですか？　……でも、わざわざそんな事しなくても、感動するような映画とかドキュメンタリー番組とか、もっとお手軽な手段はいくらでもあるんじゃ……」

「そういう普通の方法じゃ無理なの」

淡雪は首を軽く横に振った後、無表情のまま淡々と言い放った。

「私には、感情が存在しないから」

第四章　大供陽太は消去法でここにいれるしかなかったんです

1

それから数日後の日曜日。

俺は約束の駅前で淡雪《あわゆき》の到着を待ちながら、彼女とおハナの会話を思い起こす。

『か、感情が存在しないですって……？』

『うん、そう』

『じょ、冗談ですよね……』

『これが冗談を言っている顔に見える？』

『見えますけど！　また変顔してるじゃないですか！　ぷっ……あははははっ！』

『うん、またおハナちゃんの笑顔が見られた。満足』

『くっ……わ、私の事はどうでもいいんです！　それより感情がないってどういう事なんですか？　……そんな人間、いるわけが――』

『いるの。ここに』

『……………………ほ、ほんとなんですか？』

『うん。私の脳は、そういう風にできてるから』

『で、できてるって……』

『でも、泣いてみたいの。人の涙って、綺麗《きれい》だと思うから。もし一度でも泣く事ができたら、人形の私でも人間になれるかもしれない」

『……………………………』

『どうしたの？　おハナちゃん』

『――分かりました。遊びに行きましょう』

『え？』

『今度の日曜日、街に出かけましょう！　私がテラさんを泣かせるプランをガッツリ考えてきます！』

『でもさっきおハナちゃん、自分で敵とは馴れ合わないって言ってたよ？』

『そんなのもーどうでもいいです！　なんですか人形って！　折角《せっかく》お父さんとお母さんからもらった身体《からだ》なのにそんな事言うもんじゃないですよ！　感情がない？　……ありえま

せん！　私が絶対テラさんを泣かせて普通の女の子なんだって証明してみせます！』

『ひそひそ……大供《おおとも》君、なんかこの感じだと、私を泣かせたら十咲《じゅっしょう》になれるとか忘れてそうだけど──合ってる？』

『ああ……完全にすっ飛んでるな、これは…………こういう奴なんだよ』

『うん。分かった。じゃあおハナちゃんと一緒にお出かけする』

『よーし！　これは気合いを入れて計画を練らねばです！　あ、ダイキョーさんも来てくださいね』

『は？　なんで？　俺は関係ないだろ』

『なに言ってるんですか。ダイキョーさんと私はもう……えーっと……あ、そうです、同じ臭いメシを食った仲間じゃないですか』

『なんでお前と一緒に牢屋《ろうや》に入った事になってんだ⁉』

『おハナちゃん、ひょっとして同じ釜の飯を食った仲間、って言いたいの？』

『そう、それですテラさん！　流石《さすが》全国ナンバーワン！』

『いやお前が無知すぎるだけだから……そもそも俺とおハナだって昨日初めて会ったばっかなんだが……』

『まーまー、細かい事は気にしないでください』

『でも学外とはいえ、お前達二人といたらなんか目立ちそ──ふざけてんのか⁉』

『ど、どうしたんですかダイキョーさん？　いきなり大きな声出して……』

『こ、この選択肢野郎め………ああ悪い、こっちの都合だから気にしないでくれ……』

『？　ダイキョーさん、なんかこういうの多いですよね。まあいいです。やっぱり三人で
──』

『与謝野晶子《よさのあきこ》っ！』

『なんでいきなりM字開脚してるんですか⁉』

『俺が聞きたいわ！』

『むむ。大供君はツッコミの人間だと思ってたのに、ちょっと意外』

『い、いや、これはボケてるとかそういう事じゃ────北条政子《ほうじょうまさこ》っ！』

『なんでいきなり床にほっぺスリスリしだしたんですか⁉』

『だから俺が聞きたいわ！』

『大供君は、屈辱的なポーズをしながら女性偉人の名前を叫ぶ事で興奮する人なの？』

『真顔で聞かないでくれますかね！　違うんだ！　説明できないけどこれは────

小野妹子母《おののいもこのはは》っ！…………いや藤原道綱母《ふじわらのみちつなのはは》みたいに言ってんじゃねえよ！』

『なんでいきなり投げキッスした後にノリツッコミしだしたんですか⁉』

『俺に聞かないでくれえええええっ！』

あの偉人縛り選択肢は一体なんだったんだ………思い出すだけで胸焼けしそうだ。

ああ、今は俺の事はどうでもいいな。目下の問題は今日の主役が――

「来ないな……」

「来ませんねえ……」

約束の十一時になったのに、淡雪の姿は見えなかった。

俺はスマホの時計に目を落とす。

あ、正確には時間になってなかったな。まだ十時五十九分――

ヒュオンッ！

「おまたー」

風を切り裂く音と共に、突如として淡雪が目の前に現れた。

「どうも、淡雪のテラちゃん参上です、じゃん」

「は、はやっ！　……あ、相変わらずとんでもないスピードだな……」

「よかった。もうちょっとで間に合わない所だった」

「あ、あんなに超スピードで走ってきたら危ないです……少しくらい遅れてもよかったんですよ？」

「遅刻はよくないし、絶対に人にはぶつからないから大丈夫。実は三十分前に着いて待機してたんだけど――ものすごく重い風呂敷背負ったお婆《ばあ》ちゃんが足を怪我《けが》して困ってたから、おんぶして交番まで運んであげた後、ポルトガル語しか話せない人と、パンジャーブ語しか話せない人と、ベンガル語しか話せない人が三人それぞれ道に迷ってたんで案内して、面接に遅れそうになって涙目の就活生がいたから、ネット検索では出てこない最短の電車乗り継ぎ経路を考えてあげて、ネコちゃん同士が大ゲンカしてたから、コンビニで買える範囲の材料で鎮静作用のある特製ミルクをブレンドして仲直りさせて、うなぎ屋さんが集客について悩んでるようだったから、風向きや気温湿度を考慮して匂いの拡散が最高効率になるように計算してアドバイスしてきたらギリギリになっちゃった。ごめん」

…………………なんて？

「ちょっと情報量が多すぎてついていけないんだが……三十分の間にどれだけ天才性を発揮してるんだよ……」

しかも、決して自慢している訳ではなく、ただ起こった事を淡々と説明している感じ……これ多分、日常的にやってるんだろうな。

「うん、みんな喜んでくれたからよかった」

全然よかったようには見えない無表情のまま、満足（?）する淡雪。

「まあ、本人が苦じゃないんなら――」

ビリッ！

そこで突然、下の方から妙な音がした。

「な、なんだ？　……うお、ズボンの裾が破れてる！　……な、なんでだ？　別に朝はいた時は、ほつれかかってる様子とかなかったのに……」

目に見えないダメージが蓄積されていたか、それとも気付かないうちにどこかに引っかけたりしていたのか……いずれにせよ、不運な事に変わりはない。

「うわぁ……原因不明で破けるとか、ダイキョーさんってほんとに運悪いんですね……」

「ほっとけ……まあでも、そこまで深く切れた訳じゃないからこのまま――」

「任せて。ちょっと動かないでね、大供君」

「え？」

言うが早いか、淡雪は腰のポーチの中から小さい箱を取り出してしゃがみ込み――

「しゅぱぱぱぱっ！」

目にも留まらぬ速さで動かし始めた。

な、なんか針みたいなものがキラッと光ってる気がするけど…………もしかしてこれ、縫ってるのか？

「ほい、完成」

俺がその認識に至った次の瞬間には、既に作業は完了していた。

「嘘《うそ》だろ……ぬ、縫った跡とか全然分かんないぞこれ……むしろ、破ける前より綺麗《きれい》な気さえするんだが……」

あ、あの速さにしてこの完成度……神業としか言いようがない。

「ここまで破けるのはめったにないにしても、服がちょこっとだけほつれちゃう人は結構いる。そんな時に備えて、ソーイングセットを常備してるの」

淡雪がすごいのは重々承知していたが、近距離で見るとえげつないな……これでいて裁縫だけに特化した才能じゃないというのがヤバすぎる。

「ともかく助かったわ、ありがとな」

「うんうん、くるしゅうない」

淡雪は腰に手をあてて、えっへんポーズを取るが、やはり表情は全く変わらない。

「それはそうとおハナちゃんも大供君も、今日は私の為《ため》に時間を割いてくれてありがとう。私が涙を流してたら即十咲だから頑張ってね、おハナちゃん」

「え？　……十咲？」

「うん。私が泣いたら代わりにおハナちゃんが『帝花《ていか》十咲』」

「……はっ！　そういえばそうでした！」

やっぱり忘れてたのか……

「当初は、唐辛子エキスを水鉄砲につめて顔面に吹きかけるとか、密室に監禁して、ダイキョーさんの今までに起きた不運話を二十四時間聞かせ続けるとか、君が泣くまで殴るのをやめないとか、とにかくどんな手段を使ってでも泣かせればいいです、みたいに考えていたのをすっかり忘れていました」

相変わらずゲスの極みだな……

「でもそれは、テラさんが泣かない事に自信があって、十咲の座を守るために勝利条件を設定したと思っていたからです。本当は真逆で、泣いた事がなくて、それを願っているのなら……心の底からそうさせてあげないと意味がありません」

根は真面目かよ。

「と、いう訳で、私が夜なべして練習した泣ける寸劇を見てもらいましょうか」

言うが早いか、おハナは地面に膝をつくと、懇願するように手を伸ばした。

「ああ、どなたか……どなたかこのマッチを買ってくださいませんか？」

どうやら『マッチ売りの少女』を始めたらしい。

「ああ、駄目……一つも売れない。このまま帰ったらお父さんにぶたれてしまうわ」

あれ？　……なんか意外に上手《うま》いな。演技力が高いというか、引き込まれるというか……

「うう……寒くて凍えそう……そうだ、これを点《つ》けて暖まろう」

この後、少女はマッチの火の中に幸せな幻影を見ながら、最終的には命を落とすんだよな……このクオリティでやられたら、ちょっとウルッとくるかもしれない。

「ああ……暖かい…………やっぱりマッチよりダイソ○社のオサレ暖房の方が効率がいいわ」

「世界観どうした!?」

「え？　寒いだろうから今すぐこれを使いなさい？　わあ、デロン○のオイルヒータージゃないですか！」

「電源は!?　アンデルセン的な路上に公共コンセントねえだろ！　さっきのダイ○ンどうやって動かしたんだよ！」

「人の温かさと最新家電の暖かさに助けられた少女は、その後、マッチを捨てて火遊びを覚え、男達を次々と手玉にとり、貢がせ、ぬくぬくと生活していったのでした。めでたしめでたし」

「ちょっと上手い事言ってんじゃねえよ！　てかなに勝手にめでたくしてんだ！」

駄目だ……ツッコミどころが多すぎる。

「だ、だって……この劇の為に改めて読んでたら、あまりにもかわいそうで……」

「いや、気持ちは分かるが淡雪を泣かせる為なんだから、明るい終わりに改変するのはどう考えても駄目だろ……」

「うう……じゃあ白い粉で幸せな幻想を見ながら、最終的には命を落とした事にします」

「それマッチ売りじゃなくて売人の少女だろうが！」

「わ、分かりましたよ……じゃあ次は、これを朗読する事にします」

おハナは不満げに口を尖《とが》らせながら、バッグからとある本を取り出した。

そのタイトルは『ごんぎつね』——おハナ自身がコロネに撃墜されたあれだ。

「ふっふっふ。これの破壊力に勝てる人間なんていない……んですが、実は一つ問題があります」

まあ、なんとなく予想はつくけども……

「途中で号泣してしまって、私がどうしても最後まで朗読できないんです」

……でしょうね。

「あの……ですので、赤いき○ねで行こうと思います」

「なんて⁉」

「赤いきつ○の作り方の説明を悲しげに朗読したら、なんとかならないでしょうか？」

「いやなる訳ないだろ……そんなんで泣く奴《やつ》がいたら見てみたいわ」

「で、でもこういう時悲しくなりません？　スーパーから帰って、袋から取り出してみた時──『たぬき、お前だったのか……』」

「間違ってそば買ってきただけじゃねえか！」

駄目だこいつ……早くなんとかしないと。

「おハナ……お前、ふざけてるのか？」

「そ、そんな訳ないじゃないですか！　真剣に淡雪さんを泣かせようとしてますよ！」

しかしながら、おハナも手応えがないのは感じ取ったんだろう。

「ぐ、ぐう……困りました……先手必勝で一番泣けそうなのを最初にもってきたのに……これで駄目ならもう、この後は絶望的です……」

いや、お前のプランどんだけレベル低いんだよ……


ぐううううううっ！

そこで思いっきり腹の音が鳴った。

──淡雪の。

「「…………………………」」

俺とおハナは思わず顔を見合わせ──

「あ、あははは！　じ、実は私、朝ご飯食べてなかったんですよねっ……！」

おハナが慌てたようにフォローを入れる。こいつ自分だって女の子なのに、無理しやがって……というか、この役は気を利かせて俺がやるべきだった──

「ありがとう、おハナちゃん。でも今の、実はお腹《なか》の音じゃないから恥ずかしくないの」

「え？　……じゃあ、一体なんだったんですか？」

「オナラ」

「そっちの方が100倍恥ずかしいだろ！」

「冗談。実は私、お腹の音を自由自在に鳴らす事ができるの。いわゆる一つの腹芸」

「いや、それだと違う意味になっちゃうからな……というか、そんな事できるとしても絶対披露しない方がいいだろ……女の子なんだし」

「あ、それならもっと女性らしい音も出せるよ」

くぎゅうううううううううっ！

「なんか声優みたいな鳴り方したぞ今！」

「うん。だから自由自在」

て、てっきりタイミングを調節できるだけだと思ってた。音の種類まで変えられるとか自在すぎるだろ……

「な、なんかテラさん全然気にしてませんね……これなら私がフォローする必要ありませんでし――」

ぐうううううううううっ！

そこで思いっきり腹の音が鳴った。

――おハナの。

「あ、あはは！　実は私、朝ご飯お茶碗《ちゃわん》三杯しか食べてこなかったんですよねっ！」

「お前はお前で身体構造どうなってんだ!?」

2

おハナの訳の分からん胃袋はおいておくとして、俺も淡雪も小腹は空いていたので、少し早めの昼食にする為にファミレスに向かう事になった。

「……なあ、淡雪」

「なんじゃらホイ？」

その道すがら、俺は淡雪にとある問いかけをした。

「あのさ、お前って…………いくらなんでも天才すぎないか？」

実際に目にしたものだけでも、料理、短距離走、書道、裁縫、腹鳴らし芸。

最後のはちょっとテイストが違うが、それさえも常人離れした技能なのは間違いない。

出会って数日でこれって事は、俺が目撃したのは淡雪の才能総量における氷山の一角

――うまく言えないが、なんていうかこう、人としての辻褄《つじつま》が合っていない気がする。

「お答えしましょう」

俺の曖昧な問いかけでも意図を汲《く》み取ったらしい淡雪は、つけてもいないエアー眼鏡《めがね》をクイ、と持ち上げてみせた。

「教えてあげないよ、ジャン」

…………いや、真顔でそんなボケかまされてもどんなリアクションしろと？

「大供君、いま私がふざけたと思ったでしょ？」

「ふざけました。ごめんなさい、ぺこり」

いや、だからそんな真顔で頭下げられてもですね……

「でもね、教えてあげられないのはほんとなの——私にも、分からないから」

「え？」

「全部、脳から降ってくるから。たとえば数学の数式だったら目にした瞬間——解法が。だからどうやって、とか、どうして、とかは説明できないの」

自分で考える事すらしてないって事か？　……い、異次元すぎるだろ……

「ちょ、ちょっと待て。待ってくれ……あ、そうだ！　暗記系の科目はどうしてるんだ？ま、まさか教科書一回読んだだけで全部覚えられるとか言わないよな？」

「言う」

「言うんかい！」

あまりの事になぜか関西弁でツッコんでしまった。

「歴史上の年号とか人物とか事件とかが、目にした瞬間に脳に昇っていく。それで、必要な時に必要な分だけが降ってくる」

ちょっと何言ってるか分かんない……

　でもまあ学問全般に関しては、百歩譲って理解できなくもない――が、淡雪がおかしいのは勉強だけに限った事じゃない。肉体的な事に関しては脳がどうこうでは説明がつかないだろう。

「じゃあ、めちゃくちゃ速く走ってたのは？　あれは脳は関係ないだろ？」

「違うんだな、これが」

　淡雪は、立てた人差し指をちっちっち、と横に振った。

「まず過去にテレビで観て昇っていったトップアスリートの理想的フォームが降ってくるの。でも金メダリストと私では身体能力が違いすぎる。だからそのフォームは瞬時にまた昇っていく。そしてそれを雛形《ひながた》として、どこをどう変えれば私が最高速度を出せるかを部位ごとに微調整されたものが降ってくる。その電気信号通りに身体を動かせば、最速鰤《ブリ》の雄《オス》交換マシーンのできあがり」

　つまり、脳が自分用に最適化したフォームを自動的に算出してくれると……そんな事、果たして人間に可能なのか？

「い、いや、でもだな……仮にそれができたとしても、それで即日本トップレベルになるなんてのは、いくらなんでも現実離れしすぎてないか？」

「そのとーり。あっという間にそこまでいってしまったら本当の魔法。私が本当に短距離走で国内上位になろうと思ったら、一年はそれだけに注力する必要がある」

一年でそこまでいってしまったらほぼ魔法の領域だと思うんですが……

「書道に関しては、どうすれば似せられるか、という事に特化した筆運びが降ってきたから表面上はほぼ完全に模倣できている。でも、人生経験や込めた想《おも》いが段違いだから、その道のプロが見たら書としての価値は全くないって評価されると思う」

淡雪はこう言うが、素人目には完全に同じ人物が書いたように見えたのもまた事実……表面上であれなんであれ、完璧な模倣ができる事自体がどう考えてもおかしい。

「私が『現時点で全てにおいて国内トップクラス』なんて、異常な人間みたいに言われてるのは間違い。正確には『ほぼ全てにおいて、本気でやれば将来的には国内トップクラスになれる』っていうのが正解」

……それは十分異常ですよ、お嬢さん。

「いや、やっぱり俺達凡人とは根本的に違うな、おハナ…………………っておハナ？」

「すぴー……」

「ね、寝てる……？」

「寝てるね」

「え？　……え？　……う、嘘《うそ》だろ……だって俺達今歩いて——お、おい、おハナ起きろ」

「はっ！　二人があんまり難しいお話をしてるもんですから、ついうたた寝を……まあ歩いたまま寝ちゃうなんて、たまによくある事ですよね？」

……マジか、こいつ。

「お前はお前で、淡雪とは逆方向にヤバい奴だな……」

「えへへ」

いやだから褒めてないんだってば……

その後ファミレスで食事を済ませた俺達は、おハナのプランに沿って行動を開始した。

しかし——

「ぐすっ……うぇえええええっ！」

「こ、これはヤバいな……不覚にも……涙がっ！」

百回泣けると巷《ちまた》で評判の映画を観《み》ても。

「…………」

「うぐ……ふぇええええええっ！」

「う、嘘だろ……アニメじゃあるまいし、歌でっ……うぐっ」

『奇跡のシンガーソングライター』雨音涙《あまねるい》の生歌を耳にしても。

「…………………」

「びええええええええっ！　な、泣いてるはずなのに……なぜかスッキリします！」

「う……ぐうううううっ！　か、身体中《からだじゅう》の毒素が抜けていくみたいだっ！」

ウルトラデトックスナミダセラピーを受講しても。

「…………………」

淡雪は終始無表情だった。

3

「なあ淡雪、今日色々回ったけども……一つも感動しなかったか？」

おハナのプランも底を突き、辺りも暗くなりかけたタイミングで俺は淡雪に問いかける。

「そんな事ない。映画は看板に偽りなく——むしろそれ以上の、大小合わせて百十三回涙を誘発するポイントがあったし、歌手の人は、魂を揺さぶるような声だった。最後のセラピーは科学的に考えても理に適《かな》ってたし、人体に負荷を掛けないで涙を流させるメソッドも素晴らしいものだった」

いや、だからそんな真顔で解析されても……

「ごめんねおハナちゃん、こんなに色々考えてくれたのに。大供君も休日を潰してつきあってくれたのに申し訳ない。ぺこり」

淡雪はきっちりとした角度で俺達二人に頭を下げる。

「い、いえいえ、そんなの気にしなくていいんですよ！」

「そうだな。というか俺、今日は普通に楽しんでたし」

「ありがとう。でも、やっぱり私が何かの感情を抱くのは無理なんだと思う」

淡雪は物憂げな表情になる――事もなく、淡々とそう告げる。

「なあ、淡雪………お前そもそも、なんで泣きたいんだ？」

そう、この一番根本的な事を俺達はまだ聞いていない。

「私はまだ、生まれてないから」

「――え？」

唐突に出てきた衝撃的な言葉に、一瞬思考が固まる。

「人間って普通、声を出して――泣きながら生を受けるものでしょ？」

「あ、ああ、そうだな。産声を上げるっていう言葉があるし……あれはなんか泣いてるイメージだな」

「私は、全くそれがなかった」

「そ、そうなのか……」

「まああれは、実際に悲しくて泣いてるんじゃなくて呼吸する声で、極端に小さい子もいるから私だけって訳じゃないの。問題はその後。私は、一切泣いていないの。お母さんのお腹《なか》から出てきた瞬間だけじゃなくて――今日に至るまで一度も」

「は？　……いやいや、ありえないだろ。一度も泣かない子供なんているわけが――」

「いるの。それが私」

俺の言葉に反論したという感じではなかった。淡雪はただ単純に事実を告げているだけ、という口調。

「『泣く』に限った事じゃない。私には感情がないって言ったでしょ？　あれは、比喩とか誇大表現じゃないの。私は笑った事も怒った事もない――人生の中でただの一回も」

「なっ……」

たしかに喜怒哀楽が感じられないとは思っていたが、それはあくまで、人格形成がなされた現在の淡雪を基準とした見方だ。そうじゃなくて幼少期から完全にゼロ？　……さすがにそれは人間としてありえないだろう。

「ありえるの。脳がそういう風にできてるから」

淡雪は俺の心中を見透かしているかのように、自分の側頭部をとんとん、と人差し指でつつく。

「さっきは昇っていくとか降ってくるとかいう表現をしたけど、あれはつまり脳と身体の電気信号のやりとりの話。私の場合、その速度と精度が異常なの。他の人の何十倍、何百倍っていうレベルで脳がフル稼働している状態」

……だからこその、あの天才性って事か。

「でも、それって大丈夫なのか。そんな勢いで脳が動いてたらなんか代償とかありそうなもんだけ――っ」

そこで俺は、自分の言葉にはっとする。まさか――

「そう、大供君。その代償が感情なの」

…………マジかよ。

「私の脳が著しく働く中、不自然な程に沈黙を保っているのが大脳辺縁系――つまりは感情を司《つかさど》る部位」

「ほ、他が激しく動いてる分、そこが休んでバランスを取ってる……って事か？」

「正解。私が何か特異な能力を発揮している時は、元から低い大脳辺縁系の脳波の数値が更に下降する……何回測定してもそうなってるから、私の才能と感情は反比例関係にあるとしか思えない。こんな数値、人類史上初なんだって。だから世界中で脳科学関係の人達がみんな色めき立ってるの」

『人間の進化における新たな可能性』ってそういう事かよ……

「生きている実感がないの」


「っ……」

またしても淡雪から飛び出したただならぬワードに、俺は目を見開いてしまう。

「こういう時に悲しいんだろうな、っていうのは分かる。あ、ここは泣くところなんだろうな、っていうのも分かる。でも、実際に悲しくなる事もないし、涙が出る事もない」

「………」

「人間がこの世に生を受けて、まず最初にする感情表現は『泣く事』。それを経ていない私は、まだ生まれていない」

……そのセリフはなにか、パラドックスのようでもあった。

「アメリカの言い伝えで、こういう言葉があるの。『あなたが生まれたとき　あなたは泣いていて　周りの人達は笑っていたでしょう　だから　いつかあなたが死ぬとき　あなたが笑っていて　周りの人たちが泣いている　そんな人生を送りなさい』――私は、そうありたいの。死ぬ時に、周りの人に悲しんでもらえるような人生を送りたい。いい人生だったって笑いながら死にたい。でもまだ私の人生は始まってもいない。だから、泣きたいの。まず泣いて、人生をスタートさせる。それが私の夢」

「淡雪……」

それは、夢と称するにはあまりにも悲し――

「ずびっ……ぐずっ……うえぇぇぇぇぇぇっ！」

「……って、なんでお前が泣いてんだよおハナ……」

黙って話を聞いていたと思ったら、いつの間にか号泣していた。

「だって……だって……こんなのってないですよ……テラさんはいつも人の為《ため》に頑張ってるのに……なんでこんな些細《ささい》な願いも叶《かな》える事ができないんですか？　涙って悲しい時だけに出てくるんじゃありません。実際に今日、私は感動で素敵な涙をたくさん流しました。こんな私でもできる事なのに……神様は不公平ですっ！」

「おハナ……」

「テラさんが泣きたいんなら、私は全力で応援します。私にできる事だったらなんでもしますからっ！」

「ありがとう、おハナちゃん」

淡雪はそっとおハナの頭を撫《な》でた。

「……淡雪」

「なに、大供君？」

「今のおハナの顔を見て、どう思う？　主観を取り払った客観的なデータとして」

「汚いと思う」

「俺もそう思う」

「失礼ですね！」

俺は、涙を拭いながらぷんすかと憤慨するおハナを手で制して、言葉を続ける。

「でも、質問の後半を取り払ったらどうだ？　『今のおハナの顔を見て、どう思う？』」

「とても綺麗《きれい》だと思う」

「俺もそう思う」

同意の言葉を返してから、改めておハナの顔を覗《のぞ》き込む。

「こいつはすぐ調子に乗るおバカだけど、純粋だ。数日前に始めてまともに話した人間の為にここまで泣ける奴《やつ》なんてそうそういないと思う。たとえ泣きすぎて顔がぐちゃぐちゃになっていても、その涙は美しい——そして、今のおハナの顔が綺麗に見えるなら、淡雪の中に感情はあるよ。それが表に出せないだけだ」

「ダイキョーさん……」

「そう、なのかな？」

淡雪は無表情のまま、首を傾《かし》げる。

「ああ」

俺は絶対の確信を持って頷《うなず》く。ＡＩがいくら高度に発展したところで、今のおハナの表情を正しく理解する事はできないだろう。

「とはいえ、実際のところ手詰まりではあるな……いくら胸の中にはあるといっても、それを出力させる為の方法を考えつかないと意味がない」

「うーん、そうですねえ………………………あ、いい事思いつきました！」

おハナはひとしきり考え込んだ後、ぽん、と手を打った。

「私とダイキョーさんだけじゃ足りないんなら、みんなに助けてもらえばいいんです！」

「みんな？」

「そうです、テラさん。『集会権』を使いましょう！」

集会権？　……ああ、たしかこの前おハナが色々言ってた十咲特権の中にそんなのがあった気がするな――でも具体的にはどういった権利なんだろうか。

「たしかに私はまだ集会権を行使してないけど……一体何に？」

「全校生徒を巻き込んで『淡雪テラを泣かせる会』を開くんです！　十咲の地位をエサにすれば出場者が殺到して、盛り上がる事間違いなしです！」

なるほど……名目を自由に設定して、全校集会を開ける権利といったところか。

たしか校内には自前のでっかいステージもあったな……理事長がイベント事とか好きそうだから、そういう時に使うのかと思ってたけど……十咲の為のものでもあったって訳か。

「でも、今日の映画にしてもセラピーにしても、その道のプロの仕事でさえ私の感情は動かなかった。帝桜ならもしかして、と思って入学したのはたしかだけど、人を泣かせる事に特化した才能の生徒は存在しなかった。そうじゃない普通の学生がいくら頑張ってくれても、正直難しいと思う」

「ちっちっち。分かってませんねぇテラさん。集会といったって要は祭りです、お祭り！　みんなで盛り上がれば才能の有り無しなんて関係ないです。ノリノリの空気がキモなんです空気が！　会場中が感動ムードに包まれれば、テラさんも涙を流せるかもしれません」

それはたしかに一理ある。

淡雪の意見は、感情を理屈で理解しようとする彼女らしいものだが、『泣く』なんて頭で考えてやってる事じゃない。勢いに任せて突っ走るのも大事なのかもしれない。

「それに、今日の映画やセラピーは、不特定多数の人に向けられたものです。でもこの会は、テラさんを泣かせる為だけにみんなが集まります。動機は十咲狙いかもしれませんが、そんなの関係ありません。向けられてる気持ちが——臨場感が、熱が大事なんです！」

おお、おハナにはあるまじき説得力だな……バカのくせになんか真理っぽい事を……

「大供君が『おお、おハナにはあるまじき説得力だな……バカのくせになんか真理っぽい事を……』っていう感じの顔をしている」

「エスパーかよ！」「失礼ですね！」

俺とおハナの叫びが重なる。

「ま、まあ言い方は悪かったかもしれないけど、俺もおハナの意見には大賛成だ」

「……ふむ。たしかに情動感染という点でみれば、それもありかもしれない……分かった。二人が言うなら前向きに考えてみる」

相変わらずの無表情ではあったが、納得したように首をコクコクと縦に振る淡雪。

「やった！　これで希望が見えてきましたね、ダイキョーさん！」

「ああ…………そうだな」

……ん？　なんで俺、今ちょっと言葉を詰まらせたんだ？

「あれ、どうしたんですか？　なんか気になる事でもあります？」

なんだろうか……集会権を使うのには全く異議がないんだけど、何かが胸に引っかかるようなこの感覚は。

「ああ、いや、何でもないから気にしないでくれ」

いかんいかん、せっかく淡雪を泣かせようと盛り上がってるのに水を差しちゃいけ――

【選べ　①今ここで股間が盛り上がる
　　　　②家に帰って母親の前で股間が盛り上がる】

「俺が泣いていいですかね！」

第五章　シワオーイ研究員はカタコト具合をちょっと盛ってる

《さあみなさんやって参りました、今期初の帝桜《ていおう》学内イベント！　私、本日の進行を務めます、放送部部長の黒須《くろす》でございます、どうぞよろしくお願いしまーっす！》
　ノリノリの司会の挨拶に盛大な拍手が向けられ、その集会は幕を開けた。
《みなさんご存じの通り、今回はただのイベントではありません！　『帝花十咲《じゅっしょう》』の中でも総合力ナンバーワンとの呼び声高い世紀の大天才、『淡雪《あわゆき》テラさんを泣かせる会』でございます！　そしてそして、見事淡雪さんの涙を引き出した挑戦者には――なんとなんと彼女と交替でそのまま『帝花十咲』となれるという、信じられない権利をゲット！　これは……これは熱いぞおおおおおおおおっ！》
　司会の煽《あお》りを受けて、会場からは拍手と歓声が上がっていた。
　宝條《ほうじょう》とディベート対決した時のうちのクラスの桜庭《さくらば》もそうだったけど、それに輪を掛けて進行がめちゃくちゃスムーズだな……まるでプロだ。
　十咲じゃなくてもここまで優秀な人材が揃《そろ》っているのは、さすが帝桜といったところか。
《それでは本日の主役、淡雪テラさんに一言いただきましょう！》

司会は壇上の特別席――背後やテーブル上に真っ赤な薔薇《ばら》や菊がふんだんに飾られているやたらに豪勢なセットだ――に腰掛けている淡雪の所まで歩み寄っていき、コメントを求めた。

《十二番、淡雪テラです。友達が勝手に応募しちゃったので、自分でもなんでこんな所にいるか分かりませんし、歌は『与作』しか歌えません。あ、おっぱいに風船仕込んでサイズちょろまかしてるんで、水着審査はNGでお願いします》

《あ、淡雪さん、これアイドルオーディションじゃありませんから》

会場がどっ、と笑いに包まれる。

淡雪の襟元にはピンマイクが装着されており、音量小さめの彼女の声でも会場中によく響いていた。

《は、はは……相変わらず、人を楽しませるのがお上手ですね。しかーし！　今日やるのはそれとは真逆。オーディションを通過した精鋭達が淡雪さんの涙を引き出さんと待機しております！》

「ぐ、ぐぬぬ……どうして私はその精鋭達に入ってないんですかっ！」

俺の隣に立つおハナが、悔しそうに歯をギリギリさせる。

「いや、オーディションであの『マッチ売りの少女』やったら落ちるの当然だろ……」

「ぜ、全面的に見直した改訂版だったんです！　……うう……でも受からなければ意味がないです……何とかテラさんの手助けをしたかったのにっ……」

おハナが落ちたのは人数関係ないだろうが、実際オーディションは相当の倍率だったらしい。

王神《おうがみ》理事長の話によると、この学校の多くの人間は『帝花十咲』達のあまりの強さに心を折られ、その座を奪おうという気概がなくなってしまっている、との事だった。

そうして燻《くすぶ》っていた生徒達には『淡雪テラを泣かせる事』という条件が、達成しやすく見えたのかもしれない。

だが実際のところは、そんなに甘いもんじゃないと思う。

この前の日曜に感じた通り、淡雪の心の奥底にはたしかに感情が存在しているが、そこを閉ざしている扉はおそらく生半可な事では開かない。

おハナの言っていたように、会場の雰囲気は重要だ。流れと盛り上がり次第では、淡雪の涙を引き出す大いなる助けになるだろう。

でも、それだけでは何か足りない気がする。

扉をこじ開けるには、もっと圧倒的な決め手が必要なんじゃないか？

「いや、それ以前にそもそも――」

……ん？

なんだ？　いま俺、無意識に変な事口走ったよな？

そもそもなんだ？　…………………………………駄目だ、分からない。

でもこの妙な気持ち悪さは……日曜日の別れ際に抱いた違和感と同じものだ。

なんだ？　……俺は一体何がひっかかってるんだ？

「せめて間接的にでも力になりたいです……テラさん、頑張ってくださーい！」

そんな事をぐるぐると考えている間に、前向きなおハナはステージ上の淡雪に向かって、ブンブンと手を振っていた。

《あ、あの……ところで淡雪さん……一体何を食べているんですか？》

《もぐもぐ……お団子。腹が減っては涙も出せぬ、って事で好物を用意してもらった。そしてこっち側には紅茶も……もぐもぐ……やっぱりお団子との組み合わせはアールグレイが至高》

《は、はは……自由ですね》

《あ、おハナちゃんが手を振ってくれてる、やっほー》

自由すぎるだろ……

《え、ええと……時間も限られていますのでスタートしたいと思います！　それではエン

トリーナンバー一番。三年六組島勝平《しまかっぺい》君！》
《あらら。アールグレイに口を付ける前に始まっちゃった。飲食しながらじゃ出演者の人達に失礼だから、休憩時間まで我慢我慢》
そこだけ妙な律儀さを発揮するなよ……というか団子も事前に食ってこいよ……
《ご存じの方も多いかもしれませんが、島君は校内一の美声の持ち主で、我ら放送部が誇る朗読の名手でもあります。年齢にそぐわぬ落ち着き払った声色が本日奏でる物語は――『ごんぎつね』だ！》
おいおい、いくらなんでも絵本で泣く高校生なんておハナくらい――
《あーっと、あまりの卓越した朗読技術に、会場内からはすすり泣きの声が多数！》
マジか……
《……か、かくいう私も少し、涙腺が危うくなっております！》
た、たしかに、これはすごい……声質、緩急、感情表現、全てがとても高校生とは思えないような完成度だ。
が――
《しかーし、それもにもかかわらず、鉄壁の防御を誇る淡雪さんの顔面はピクリとも動かない！　残念ながら制限時間に達しましたので、島君のチャレンジは失敗となります！　果たして……果たしてこの強固な城塞を突破できる挑戦者は現れるのか！》

結論から言うと、現れなかった。

誘い泣き研究部の号泣ショーでも。

科学部による、人体に優しいタマネギエキス水鉄砲でも。

お笑い要素を一切排除したガチの『かなしいときー』あるあるネタでも。

相撲部主将の涙の断髪式でも。

《あーっと。最有力候補と目されていた演劇部の面々もあえなく撃沈！　堅いっ……淡雪さんの涙腺はあまりにも堅すぎるっ！》

日本中の才能が集まる帝桜学園の精鋭達が力を尽くしてさえ、淡雪の感情を揺さぶる事は適《かな》わなかった。

やっぱり、普通の方法では淡雪の涙を引き出す事は——

《生徒のみなさんによる試みはことごとく失敗してしまっていますが……ここで少し、趣向を変えてみたいと思います。ご期待ください！　Brain《ブレイン》 Seeker《シーカー》社によるスペシャルチャレンジです！》

ん？　Brain Seekerって……あのBrain Seekerか？

脳科学研究の最先端を行き、教育、医療、スポーツ科学——その他様々な分野で画期的な成果を発揮し続ける、子供でも知ってるような世界的大企業だ。

《ご存じの方もいるかもしれませんが、淡雪テラさんの入学以来、Brain Seeker社は我が校と提携を結んでおります。淡雪さんの脳内は、世界トップクラスの企業のお眼鏡《めがね》に適うようなとてつもない可能性を秘めているという事ですね——そして今回、そのBrain Seeker社が淡雪さんの為《ため》に、とんでもない研究成果を持ってきてくれました！》

司会の宣言と共に、スーツ姿の外国人がトレイを両手に持ち、舞台袖から現れた。

トレイに敷かれた白い布の上には、小さい何かが載っているように見えるが——

《会場からは見えづらいかもしれませんが、なんとこのカプセル——淡雪さんを泣かせる為だけにBrain Seeker社が世界最新鋭の技術で開発した特別な薬なのです！》

「なっ……」

驚きの声を上げたのは俺だけじゃない。あっという間に会場中にざわめきが広がっていった。

《みなさんの不安は分かります。なんか怪しいですよね？　正直、私もそう思います！　しかーし、心配ご無用！　開発はあのBrain Seekerです。なにも全く未知の技術を試そうという訳ではなく、事故や先天的な要因により脳の一部が機能不全を起こしてしまっている患者さんに対する治療薬として実際に使われているものを応用し、淡雪さんに合わせてカスタムしたものなのです。脳内の感情を司《つかさど》る部位をピンポイントに刺激、作用し、安心、安全に淡雪さんの涙を引き出します！　当然Brain Seekerを通して、日本で使用する認可も下りております。そして、更に万全を期すために本社からオブザーバーとして、主任研究員のノーノ・シワオーイ氏にもお越しいただいております！》

《ヘイ、ボーイズ&ガールズ、こんにちハ！》

紹介された金髪の紳士はトレイから片手を離し、にこやかに会場に手を振ってみせた。

《今日は我が社の未来のパートナー、テラの望みが叶《かな》う歴史的な日ダ。認可のタイミングがこのイベントと重なったのも神の思《おぼ》し召《め》しとしか思えないネ。さあ、タブレットを通してモニタリングしてイルＣＥＯ《ボス》と共に、君達も伝説の目撃者になってクレ！》

「な、なんかいきなりすごい事になってきたな」「ああ……あのBrain Seekerが本格的に絡んでくるとか、もう学生のレベルじゃねーよな」「ＣＥＯって……世界長者番付常連のあの人だろ？　……それが観《み》てるってどんだけだよ」「淡雪さんってやっぱりすごいんだね……」「Brain Seeker製なら安全性も問題なさそうだしな」「そうね、これで淡雪さんの希望が叶いそう！」

「いや、無理だ……」

俺の口からは無意識にそんな呟《つぶや》きが漏れていた。

たしかにこれは普通の方法じゃない。

これならば淡雪の涙を引き出す事ができるかもしれない。

でもこれは……違う。

薬では、駄目だ。

淡雪の人生最初の涙は、こんな人工的なものではなく……感情の揺さぶりによって流されるべきものだ。

Brain Seeker社の介入は当然、淡雪も承知している事だろう。本人が納得しているなら、他人の俺が口を挟む筋合いはない。

完全なる独りよがり。

でも——

これでは、淡雪は生きている実感を得られない。

「っ——」

　俺の足は自然と、ステージを降りたすぐ脇にあるテント──この『淡雪テラを泣かせる会』実行委員会本部へと向かっていた。

「あの……いきなりですみませんが、実行委員長ってあなたですよね？」

　役職名が印字された腕章を付けていたので、目当ての人物を見つけるのは容易だった。

「はい、僕で間違いありませんが……」

　やや神経質そうなその男子生徒は、怪訝《けげん》そうに眼鏡をくい、と持ち上げた。

「淡雪にあの薬を飲ませるの、止める事ってできませんか？」

「は？　……一体何を言ってるんですか、君は？」

「なんか……嫌な予感がするんです。淡雪の感情を呼び覚ますのが逆に遠のくような気がして……」

「予感？　気がする？　そんな不確かなもので、天下のBrain Seeker社の活動を阻害しろと？　そもそも理由の如何《いかん》にかかわらず、僕にそのような権限などありませんよ」

「だ、だったらその権限がある人を──」

「私を呼んだか？　大供陽太《おおともようた》」

　背後から、聞き覚えのある渋い声がかかった。

「え？　……校長先生？」

相変わらずの、冗談みたいな威圧感を伴った金剛寺《こんごうじ》校長が仁王立ちしていた。

「な、なんでこんな所に？」

「校内の責任者が、イベント中に実行委員会の様子を視察する事に何の不思議がある？　その質問はそのまま貴様に返すわ、このたわけが」

ご、ごもっとも……それにしてもそんなに凄《すご》まなくてもいいだろうに……やっぱり俺、相当嫌われてるよな。

「それよりも、私の耳にはなにやらBrain Seeker社を止めろなどという戯言《たわごと》が聞こえたんだが……よもや本気ではあるまいな」

う……こ、こえぇ……一睨《ひとにら》みされただけで足が竦《すく》みそうだ。

「本気です。あの薬は淡雪の為にならない」

でも俺は、金剛寺校長の瞳を睨み返してはっきりと告げた。

「ふざけて己が痴態を晒《さら》すだけならともかく、徒《いたずら》に治安をかき乱そうとするとは……やはり貴様はこの学園に不要な存在だな」

校長は溢《あふ》れ出る怒気を隠そうともせずに、言葉を続ける。

「これは、Brain Seeker社にとっても絶好のプロモーションの機会でもある。おいそれと止められるようなものではない。あのBrain Seekerがあの淡雪テラの抱える問題を解決したとなれば、世界的な話題になるからな」

「話題？　……そ、そんなどうでもいい事の為に――」

「……どうでもいい？」

金剛寺校長の声が、地の底から響いてくるようなものに変化した。

「よく聞け小僧。貴様らの恵まれた環境――清潔で空調も完備された校舎、最新のＰＣや部活のトレーニング機器などの充実した設備、各分野の一線級の専門家を招いての特別授業――その全てが入学金と授業料だけで賄えると思っているのか？　生徒が安心して才能を伸ばせるような場を整える事が我々の仕事だ。経営の『け』の字も知らんようなガキがほざくんじゃねえぞ」

「う……」

「それにな……何か勘違いしてるようだが、私は安全性を最優先にしてくれ、とBrain Seekerに何度も念押しした上で開発を依頼している。それをなんだ、俺が金に目がくらんで生徒の身を危険に晒すような男だと思ってるのか、テメェは？」

も、もう完全にヤク○じゃねえかこの人……

でも、直感が告げている――ここで引いては駄目だと。

「聞き入れてもらえないなら直接ステージに上がって――うがっ⁉」

後ろから、万力のような力で羽交い締めにされた。

「余計な真似《まね》をするなと言っている」

「は、離してください校長先生！」

「ああ、念《ねん》の為《ため》に言っておくがこれは体罰ではないぞ。学園の公式行事に非協力的な生徒に対する教育的指導だ」

「ぐ……おおおおおおっ！」

だ、駄目だ……力が強すぎてまともに暴れる事すらできないっ！

そうしている内にもステージ上では——

《さあ、主任研究員のシワオーイ氏から、淡雪さんにカプセルが手渡されます。世界的な才能を有する少女が世界的大企業の力で、秘めていた感情を表に出す……氏の言葉通り、我々は歴史的瞬間に立ち会っているのかもしれません！》

だ、駄目だ……淡雪！

くそっ…………くそおっ！　俺はどうしてもステージ上に——

【選べ　①オナラロケットの勢いで校長から脱出する
②単なるオナラが出て勢いで肛門《こうもん》から脱糞《だつぷん》する】

「いまクソ真面目な場面だろうが！」

そもそもなんだよオナラロケットって⁉

い、意味が分からなすぎる…………対して②は意味こそ分かるものの、ちょっと何言ってるか分かんない。

お、おのれ……

俺が泣く泣く①を選び取った瞬間――

ぶほおおおおおおおおおおっ！

「うあああああああああああああっ！」

急激な浮遊感と共に俺の身体《からだ》は校長の両腕をすり抜け、宙に投げ出された。

「お、落ちるうううううううっ！」

そして、放物線を描きながら落下していき――

《さあ注目です、淡雪さんがいよいよカプセルを口に――》

べちゃっ！

ステージ上に不時着した。

「「「「「え？」」」」」

会場中に疑問符が飛び交う中、うつ伏せ大の字で身体をピクピクと痙攣《けいれん》させる俺。

《……大供君？》

「あ、淡雪……」

い……痛《いて》え…………まさかこんな所まで飛ばされるとはっ……

《い、一体これはどうした事でしょう？　わ、私にはいきなり人が降ってきたように見えましたが……》

はい、いきなり人が降ってきました。動力源はオナラですけどなにか。

俺はよろよろと立ち上がる……幸いな事に、大きなケガはしてないみたいだ。

《はっ……あ、あまりの事に一瞬失念してしまいましたが、薬は？　……淡雪さん、薬は無事に飲めましたか？》

《ううん……多分、叫びながら落ちてきた大供君の口に……》

「え？　どうりで口の中になんか違和感が――」

ごくん。

「あ…………………………………………………………飲んじゃった」

次の瞬間——

「ん？」

えも言われぬ感情が濁流のように溢れてきて、

「う……うう……ひぐっ……ごふうっ……あ……うう……ああああああああああんっ」

俺は仰向《あおむ》けになって、赤ちゃんみたいにジタバタと号泣した。


（（（（な、なんだこいつ…………ヤベえ））））


会場中の思考がおそらくそんな風に綺麗《きれい》にシンクロした後——

《な、なんて事をしてくれたんだあああああああっ！》

司会の悲痛な声が轟《とどろ》く。

「おおおおおおおおんっ……」

《な、泣きたいのはこっちで……というか学園側でしょう！　おそらく相当な資金と期間をかけたビッグプロジェクトだったでしょうに……》

そ、そんな事言われても……いやでも金剛寺校長はさぞかし怒って――

「「「「…………」」」」

ステージ下のテントへ視線を向けると、鬼校長は実行委員会の面々と共に安らかな表情で眠っていた。よかった……オナラロケットのあまりの臭さに失神しているみたいだ……って、何もよくないわ！

どうすんだこれ……どうすんだこれ!?

いきなり（オナラロケットで）乱入して、世界的企業の研究成果を台無しにしてって……目立ってるってレベルじゃねーぞもう！

俺は目尻の涙を拭いながら、おそるおそる立ち上がる。

《あ、あなたは一体…………って、大供陽太じゃないですか！》

「え？　なんで俺の名前を？」

《な、なんでも何も、入学早々にあの『宝條』にケンカを売った超問題児を知らない訳ないでしょう！　詳細までは知りませんけど、何か変態的な方法で場を丸く収めたとも伝わってきています》

「あ、その噂《うわさ》、俺も聞いた事あるぞ」「あいつが？」「でも、意外に見た目は普通じゃない？」「バカ、ほんとにヤベぇヤツは一見おかしく見えねえんだよ」「なんでも、母ちゃんのパンツ学校にはいてきてるらしいぜ」

そこは蒸し返さないでくれませんかね！

てかおいおいおい……マズイマズイマズイぞこれ！　クラス内だけならともかく、校内中にこんな噂が立ってたんじゃ、ひっそり生きていく事なんてできやしない……なんとか弁明しないと！

「マ、マイク使わせてもらっていいですか？」

《あ、はい……》

司会の黒須先輩は戸惑いながらも俺にピンマイクを取り付けてくれた…………よし、ここが正念場だぞ俺！

《みなさん、二年一組の大供陽太です。色んな……色んな偶然が重なってここにいますが、これは俺の本意じゃないんです。あ、その前にまず弁明させてください。俺が母親のパンツをはいてきているなんてあらぬデマが飛んでいるようですが、本当は――》

【選べ　①母の名前を叫びながらY字バランスする

【②父の名前を叫びながらM字開脚する】

《大供創太《そうた》っ！》
た、助かった……芸名の星超《ほしとおる》だったら一発でバレるけど、本名の方だったら問題ない。
《え、ええと大供君……大供創太というのは？》
《あ、父です》
《えっとつまり……お母さんではなくお父さんのパンツをはいてきてるとアピールする為に、叫びながらM字開脚をした？》
何も助かってねえし問題しかなかった！
《ち、違います！　今の流れは関係なく、ただ突発的に父の名前を叫びながらM字開脚したくなっただけで》
いやそれはそれでヤベえヤツじゃねえか！
だ、駄目だ……喋《しゃべ》れば喋るほど泥沼に嵌《は》まっていく……。
《ゴ、ゴホン……まあ今のは見なかった事にするとして……大供君、一体どうしてこんな非常識な乱入を？》
《あ、ああ、それなんですけど……》

ここは適当にごまかして降壇するべきだな。

【選べ　①『エロいお魚』の一発芸をする
　　　　②『エロいお魚咥《くわ》えたドラ猫』の一発芸をする】

そんなんサザ○さんも追っかけるのやめるわ！

クソ……こいつは肝心なところでいつもいつも……

俺はその場に横たわると、身体を思いっきり跳ねさせた。

《ビチビチビチ！　ビチビチビチ！　私はビッチ！　ビッチな魚！　ビチビチビチ！　ビッチビチ！》

「「「「「……………………」」」」」

会場が、静寂に包まれた。
《あ、あの……大供君……えーっと……》
あまりに唐突な一発芸に、プロ級の司会者ですら言葉を詰まらせる中――

「なんだよあいつ……Brain Seekerの邪魔するとか、どういう神経してんだ」「あの人が余計な事しなきゃ、淡雪さん今頃泣けてたのに」「だな……折角《せっかく》の薬を台無しにしたんだから責任取って自分で泣かせるべきなのに、なんでふざけてんだよ」「もしかして、このイベントを利用して名前を売りたいだけじゃないの？」

会場からは、俺に対する不満の声が漏れ出ていた。

たしかに傍《はた》から見れば、淡雪やBrain Seeker社、会場の人間を馬鹿にしているようにしか思えないだろう。

そんな逆風が吹き始めた中――

【選べ　①オットセイをネタにギャグをかます
　　　　②夫の性癖に不満を持つ妻のものまねをする】

できるか！

お、おのれ、このクソ選択肢め…………くそおっ！

……俺はステージの床に這《は》いつくばって上半身だけを反り上がらせた。
《い、一発ギャグいきます！　『地理に目覚めたオットセイ』――オウオウオウオウッ！　オウオウ……オウッ！　オウウ、おうう、奥羽《おうう》山脈っ！》

「「「「「…………………………」」」」」

地獄のような沈黙が訪れた直後――

「……おいおい、さすがにこれはねえだろ」「ああ、単純に不快だぜ」「淡雪さんがかわいそう……」「真面目にやってた今までの出演者にも失礼だろ」「ふざけんな！　ひっこめ！」「そうだそうだ！」「帰れ大供！」
《み、みなさん落ち着いてください！　お、大供君もこれ以上意味不明な行動をするのはやめてください！　ああっ、だ、駄目です！　ものを……ものを投げないでください！》
黒須先輩が必死に会場のみんなを宥《なだ》めようとするも、生まれたブーイングの波は止まらない。

こ、これ以上は流石《さすが》にヤバい……頼むからもう出ないでく――

【選べ　①カラスのくちばしがケツに突き刺さる
　　　　②ホトトギスをお題にダジャレを言う】

血も涙もねえな！　しかも①は完全な使い回しじゃねえか！　ネタ切れなら無理して出てくるんじゃねえよ！

でも出現してしまった以上………………………やるしかない。

《私、ホトトギス……メスのホトトギス！　夫婦ゲンカしてオットとギスギス！　トホホでゲス！》

「「「「「……………」」」」」

またしても会場が、怒気を孕《はら》んだ沈黙に包まれる。

ま、マズい……これが爆発したら暴動レベルの――

ツルッ！

《ぐえっ！》

俺は何かに足を滑らせて、前のめりに転倒した。

な、なんだ一体？　ステージ上に滑る要素なんて——

《バ、バナナの皮？》

さ、さっきヤジと一緒に投げ込まれたのか？

そ、それをピンポイントで踏むとか……こんな時に不運発動かよ。

そして転ぶのみならず、受け身が間に合わずに微妙に鼻をぶつけてしまった。

《ううっ…………ん？　な、なんだこれ？》

拭った指に何か白いものが。床の塗料が剝《は》げて鼻に付いていた？　……そんな事あるか普通……この状況でどんだけついてないんだよ、俺。

そうして不運を嘆いているうちにも——

「いい加減にしろ！」「見苦しいぞ！」「お前が転んでも別に泣けねえよ！」「時間の無駄だ！」「運営委員引きずり降ろせ！」

俺に対するヘイトが頂点に達しようとしていた。

　ど、どうする？　……これはもうこの場から逃げ出して解決するようなレベルじゃ——

「あ……あああああああああああっ！」

　そこで、会場の中からとんでもない声量の叫びが響き渡った。

《な、なんですか、今の声は？　……一体誰が？》

　会場中の視線が一斉にそれを発した人物に集まった。

《ほ、宝條さん？》

　そう、その声の主は宝條麗奈《れいな》だった。

「な、なんて事っ……またしても……またしてもこんなっ……でも流石にこれは………いや、そうとしか考えられない……」

　宝條は注目を浴びている事にまるで気付いていない様子で、髪をくしゃ、とかき混ぜる。

「おかしいと思ってたのよ……大供君がこんな——淡雪さんの気持ちを無視したような事する訳ないって……やっぱり……そういう事だったのね」

《あ、あの、宝條さん……考え事の最中に申し訳ないんですが……》

「え……？」

そこで宝條はようやく黒須先輩の呼びかけに気付く。

《みんな気になってしょうがないんですが……よければ説明してもらえますか？》

「ああ、そうよね……こんなの普通気付けるはずがないわ。だって余りにも馬鹿らしいんだもの……一度直《じか》に味わった私だからこそ、なんとかその真意に辿《たど》り着くことができたんだわ」

そして宝條は、会場中の生徒に向けて声を張り上げた。

「なら聞かせてあげるわ。彼の……大供陽太の壮大なる計画をね！」

《壮大な……計画？》

壮大な……計画？

「ええ。まず手始めに確認しておきたいのは、今日、会場には——淡雪さんの後ろには大量の赤い薔薇《ばら》と菊が飾られているという事。これは帝桜においては自然な事よね？」

《はい。その二つは王神会長のトレードマークでもありますから。イベント事や式典の際には真っ赤な薔薇と菊で彩られるのは毎回恒例となっています》

「そうよね。淡雪さんが座るテーブル上にも左右に飾られていて、とても鮮やかだわ。ところで司会の貴方《あなた》、この二つの花言葉をご存じかしら？」

弁論の名手である宝條の声はマイクを通さない肉声であるにもかかわらず、とてもよく通った。
《ええ……赤い薔薇は『愛情』、赤い菊は『あなたを愛しています』。どちらも王神理事長の名前にちなんだもので……これも帝桜内では比較的有名な話かと》
「ありがとう。ではここからが本題。この二つの花言葉には実は――淡雪さんから私達へのメッセージが込められていたのよ」
《……え？》
当の本人が俺の傍《そば》で小さく疑問の声を上げた。おそらく、全く身に覚えがないんだろう……なんだかものすごい既視感のある展開なんですけど。
《『愛情』と『あなたを愛しています』ですか？　人の幸せを望む淡雪さんらしいといえばらしいですが、メッセージと言われてもあまりピンとこないような……そもそも、この花達は淡雪さんの意思に関係なく設営されたものじゃ？》
「そうね……でも、貴方の言う淡雪さんの意思によって持ち込まれたあるモノによって、それは全く別の意味を持ってくるのよ！」
《あ、あるモノ？》
やりとりしている黒須先輩のみならず、会場中のみんなが宝條の演説に惹《ひ》き付けられている。人の心を摑《つか》む手腕は流石としか言いようがなかった。

「それは、お団子と紅茶よ！」

宝條の口から発せられたのは、意外な二品だった。たしかにそれは淡雪の嗜好《しこう》に合わせて準備されたものだけど……

「まずはお団子。これは私達から向かって右手……そう、テーブル上の菊の傍に置かれていた。団子と菊……合わせて団子菊」

《ダンゴギク？　……正直、始めて耳にする言葉ですが……》

「そうね。この和名はあまり——いいえ、学名の方もそこまで知名度は高くないかもしれないわね。和名を団子菊というその花の名前は——ヘレニウム」

《ヘレニウム……ですか》

「そう。そしてこのヘレニウムの花言葉は『涙』」

《『涙』……ですか。それは正に今日のテーマでもありますが……》

「そう。そして、会の冒頭の泡雪さんの行動を思い出してみて。用意されたお団子を一気に頬張って消滅させたわね。それはつまり、団子菊がただの菊に変化した瞬間——それは『涙』でなくなった事を意味する……つまり、泡雪さんは私達に、この会の本当の目的が『涙』ではない事を示していたのよ！」

《な、なんですって！》

な、なんだって！
《い、いや、でも宝條さん、それはいくらなんでもこじつけが過ぎるような……》
俺もそう思います。
《たしかにこれだけだったらそうね。でも泡雪さんはお団子を平らげたその直後、『おハナちゃん、やっほー』と呼びかけたわね？　これは私のクラスの御羽家月花《みはねやげつか》さんの事——おハナちゃんのハナはフラワーの花。花に向かって言葉をかけた……そうあれは『花言葉』がキーワードだという事を示していたのよ！》
《な、なんと！　じ、自由すぎるとは思っていましたが、そんな意味が……》
《いや、普通におハナちゃんに話しかけただけなんだけど……》
淡雪の呟《つぶや》きは、黒須先輩の大きな感嘆の声に完全にかき消されていた。
「お、おい……どう思う？」「い、いや、まだちょっと無理がある気が……」「でも、あの宝條さんが言ってるんだぜ？」「ああ……言葉の一つ一つになんか説得力があるよな」
会場中の空気は半信半疑といった感じだ……もっと疑った方がいいと思います。
「重要なのはここから。テーブルの私達から向かって左には薔薇が飾られていたわね？

そして、その傍らにあったのはアールグレイ。イギリスの代表的な紅茶だわ。そしてこのイギリスと薔薇を組み合わせると浮かび上がってくる花は……イングリッシュローズ」
《ま、まさか……その花言葉にも何か意味が？》
「ご明察。気になるならみなさん、スマホで検索してみてはいかが？」
宝條のその巧みな誘導にみんなが従った結果——
《ああああっ！》
黒須先輩に続き、会場でも驚きの声が連鎖していく。
《イ、イングリッシュローズの花言葉は……微笑《ほほえ》み！》
「そう！　そして泡雪さんは、紅茶には口をつけなかった。涙は消し、微笑みは残した……つまり！　泡雪さんの真意は泣く事ではなく…………笑う事にあったのよ！」
《……な、なんですってえええええええええっ！》
会場が驚きに包まれる中、泡雪が俺にぼそりと呟く。
《大供君……あの宝條って人、一体何を言ってるの？》
いや、俺もそう思うが……偶然とこじつけもここまで重なるとなんか説得力が……宝條の人心掌握術がとんでもないのもそれに拍車を掛けている。
《で、でも宝條さん、よくこんな暗号のようなメッセージに気付けましたね》

「いいえ。ここまででは無理だったわ。でもきっかけは大供君の行動にあった……あのホトトギスのダジャレの後の転倒……あれで閃《ひらめ》いたわ！」
《え？　……す、すみません、全く意味が……》
「私も最初は勘違いしていたわ。あのホトトギスは鳥の事だと思っていたの」
《ち、違うんですか？》
ち、違うんですか？
「ええ……あまり知られていないけれど、ホトトギスという花があるの」
《は、花……という事はまた花言葉ですか》
「そうよ。でもまだそれだけでは不完全。ホトトギスの亜種にシロバナホトトギスという品種がある。大供君はホトトギスのダジャレの後でわざと転倒する事によって鼻を——花を真っ白にして、シロバナホトトギスを暗に示した」
《シ、シロバナホトトギス……その花言葉は？》
「『秘めた思い』よ」
《——っ!?》
「常日頃から泣きたいと公言していた事から、淡雪さんは笑いたいという本当の気持ちを表立って言えない事情があったんじゃないかしら。でも、大供君はいち早くそれに気付いた。しかし、本人が望んでいない以上それをみんなに説明する事はできない――だから！

大供君は行動で示していたのよ！　どれだけブーイングを浴びようが、悪者にされようが……淡雪さんを笑顔にする為《ため》に一人で戦っていたの！　淡雪さんに向けて『俺だけはお前の秘めた思いに――笑いたいっていう思いに気付いているぞ』ってメッセージを送って！」

「「「「なっ……」」」」

みんなが、目を見開いて絶句する。

なっ……

続けて俺も絶句する。

鳥《マイナス》のダジャレと転倒《マイナス》による鼻汚れが掛け合わさってとんでもない買い被り《プラス》が生じている……まさかこんなところで発動するとは……

「大供君がそこまでして守った事を私が勝手にペラペラ喋《しゃべ》るなんて、野暮《やぼ》中の野暮なのは百も承知よ！　でも無理……気付いてしまったら黙っている事は不可能だったわ！　不言実行を貫く勇者が認められないなんて事……私は認めないわ！」

そして宝條は舞台上の淡雪をビシッと指差す。

「それに淡雪さん！　どんな理由があるにせよ、笑いたいのを隠す必要なんてないわ！

私を傲慢と否定するならそれも結構！　でも大供君が——男がここまで身を投げ捨てて行動で示しているのよ！　お願いだから……お願いだからそれは受け入れてあげて！」

そして宝條は、会場中の人間に向かって両手を広げてみせた。

「ねえ……そうでしょみんな！」

「「「「「そ……その通りだあああああああああああああああああっ！」」」」」

いや一つもその通りじゃねえよ!?

馬鹿なの？　宝條って馬鹿なの？　帝桜生って馬鹿なの？　常識的に考えてこじつけがすぎるって分かるだろうが！　その場のノリで盛り上がってるんじゃねえよ！

《もう一回言うけど、あの宝條って人……一体何言ってるの？》

もっともすぎる淡雪のツッコミは、会場の歓声にかき消されて俺にしか聞こえない。

「大供！」「大供！」「大供！」「大供！」「大供！」

その大供コールをやめてくれえええええっ！　俺は目立ちたくねえんだよおおおおっ！

《ま、待ってくれみんな！　俺はそんなに大層な人間じゃないんだ！　淡雪の力になりたいのは本当だけど宝條の推論はいいように解釈しすぎだ。俺は本当は平凡で普通な――》

【選べ　①普通に上半身の衣服が弾《はじ》け飛ぶ
　　　②普通に下半身の衣服が弾け飛ぶ】

普通の使い方おかしいだろ！　日本語の乱れたギャルかお前は！

【選べ　①フツーに上半身マッパなんだけどウケる
　　　②フツーに下半身マッパなんだけどオギャる】

ギャルっぽく言い直してんじゃねえよ！　しかも②はオギャるの使い方おかしいだろ！
乱れてる言葉を更に乱れさせてどうすんだ！
お、おのれ……なんでこんなふざけた奴《やつ》（？）に俺の命運が握られてるんだ……
ギリギリと歯ぎしりしながら①を選び取った瞬間――

パァン！

小気味のよい音と共に、上半身の衣服が弾け飛んだ。

「うおっ⁉」「な、なんだいきなりっ……」「て、手品か？　……すげえ手際だ……一体どうやったんだ今の？」「いや方法とか以前になんで急に脱いでるのあの人⁉」「や、やっぱりヤバい人なのかな……」

過剰な持ち上げが収まったのはよかったけど、目立ってちゃなんの意味もない……

色々誤解はあったけど結局あいつは普通の奴だったな、ってなって舞台上からフェードアウトするのが理想――

《Goddamn《ガッデム》!》

そこで、唐突に怒声が響き渡った。

その声の主は――

《やってくれたナ、ボーイ……うちのＣＥＯ《ボス》は酷《ひど》くお怒りダ》

Brain Seeker社主任研究員、ノーノ・シワオーイ氏だった。

先程までの陽気で柔和な表情はどこへやら。シワオーイ氏はとんでもなく厳しい顔で俺を睨《にら》み付けている。
そ、そうだ……淡雪の為に開発した薬を俺が飲んじゃったんだった………なんで今このタイミングで怒りだしたのかは分からないけど、とにかく謝らないと！
《す、すみませんでしたぁっ！　やってしまった事は消せませんけど、決してわざと飲んだ訳では――》
《何か勘違いをしているようだな、ボーイ。CEO《ボス》はとても寛容な男ダ。故意ではないアクシデントに腹を立てるような事はナイ。そもそも、あの薬――高額故本日スペアは持ってきていないガ、いくらでも複製は可能。帝桜が追加で買い取ってくれるのならば、我が社にとってはむしろオイシイ展開ダ》
薬の件じゃない？　……じゃ、じゃあ一体なんでそんなに――
《ユーの乳首ダ！　CEO《ボス》は以前に自身のYouTubeで乳首洗濯ばさみ相撲にトライしてアカBANされて以来、男の乳首なんて見るだけで吐き気がするそうダ！》
お前んとこのボスは一体何をやってんだよ！　てか完全にいいがかりじゃねえか！　寛容どころか心狭すぎだろ！
《CEO《ボス》はユーに――ひいてはその在籍を許している帝桜学園に強い嫌悪感を示してイル。テラとの個人契約は継続するが、今後一切この学園との関わりは断つ――つまりはスポン

サーから降りるという事ダ！》
《なっ……そ、そんな無茶苦茶《むちゃくちゃ》な！　大企業のトップがそんな個人的な感情でビジネスを反故《ほご》にしていい訳が――》
《ノー。CEO《ボス》は己の直感に従って財を築き上げてきた超感覚派の人間ダ。本能が忌避する相手とは、誰が何を言おうが一切の取引をしなイ》
う、嘘《うそ》だろ……俺のせいで帝桜学園が最悪な事に……こ、こんなの、責任の取りようがないぞ。
《こ、これはとんでもない……とんでもない事になってきました！　正直、我々生徒の手に負えるレベルではありませんっ……こ、校長先生、どうすればっ……》
司会の黒須先輩は縋《すが》るような視線を、ステージの下に向けるが――
「「「「…………………」」」」
校長はいまだ、安らかな眠りの中にいた。
《くっ……り、理事長！　王神理事長はいらっしゃいませんか！》
しかし黒須先輩の呼びかけに応える声はなかった。
あの人ならこの状況も打開できそうな気がするけど……なんでこんな大事な時にいないんだよっ！

《我が社との関係悪化が拡散されれば、最早《もはや》この学園の世界的信用は地に堕《お》ちるだろウ。それは王神愛《あい》の求心力においても同様ダ。彼女が断固拒否していた、テラを飛び級させて我が社の提携大学に編入させるというプランも実行に移せるようになるだろうナ》

ま、まずいまずいまずい！　い、一体どうすれば——

ビチャッ！

いきなり空から鳥のフンが落下してきた。
着地した先は——当然のごとく俺の身体《からだ》。
こ、こんな時に……一体どこまでついてないんだ俺は！

ビチャッ！

も、もう一発だと？　……さ、最悪にも程があ——
《Goddamn《ガッデム》!》
そこで唐突に、怒声が響き渡った。

《やってくれたナ、ボーイ……うちのＣＥＯ《ボス》は酷くお怒りダ》

シワオーイ氏の再びの激昂《げきこう》……………お、終わった……もうここから挽回《ばんかい》できる可能性は――ゼロだ。

《このようなミラクルを自身にプレゼントしてくれなかった神に対してナ》

《……え？》

《何をキョトンとしていル、ボーイ！　今、君の両胸にはバード達の粗相の後がくっきりと刻まれているだろウ？》

た、たしかにピンポイントで胸に落ちてきたけど……それが一体なんだっていうんだ？

《つまり、両の乳首は完全に隠された状態ダ。これではYouTube運営もそうそうアカＢＡＮはできなイ！　まるで自分の無念をボーイが晴らしてくれたようだと、画面の向こうでＣＥＯ《ボス》はスタンディングオベーションしているゾ！》

なんで⁉

《そしてＣＥＯ《ボス》は即断即決の男。今回ユーが飲んでしまったテラ用の薬剤を、今から準備するスペア分も含めて無償提供――加えて、帝桜学園へのスポンサー料を大幅に上乗せすると仰ってイル！》

「「「「す………すげえええええええええええええええええええっ！」」」」

すごくねえよ！　ただ単にクソ運悪いだけだよ！

服が弾け飛ぶ《マイナス》×ダブルで鳥のフン《マイナス》＝ＣＥＯ超ゴキゲン《プラス》に、がまたしても……

「大供！」「大供！」「大供！」「大供！」「大供！」

だからコールをやめてくれえええええええっ！

普通に考えたらプラスでも、目立ちたくない俺にとってはデメリットでしかありえない。

《め、目を覚ましてくれみんな！》

いや、こうなってしまったら俺が変に否定しても逆効果か……ここは会場の雰囲気に流されておらず、かつ発言に影響力のある人間にお願いするしかない。

《あ、淡雪っ……頼む、みんなにちゃんと説明してくれ》

俺自身の問題もあるが、こんなに場が乱れてしまっては淡雪だって泣くどころじゃないからな。

《うん。分かった。おーい、みんな、ちょっと聞いて。さっきの宝條さんが言ってた事は、ものすごい偶然と拡大解釈が重なっただけなの。私は純粋に泣きたいと思ってるだけ》
「え？　ほんとは笑いたいんじゃなかったの？」「まあ本人がそう言うなら違うんじゃないのか？」「でも、宝條さんも、笑いたいのを隠さなくちゃいけない事情があるって……」「その事情ってなんなの？」「バカ、それが言えないから大供が頑張ってたって話だろ？」
「な、泣きたいのか笑いたいのかどっちなんだ……分からん」

よ、よし！　場の空気が半信半疑な感じまで押し返されたぞ。淡雪頑張れ！
《出場者のみんな、頑張ってくれてほんとにありがとう。どれも素晴らしかったけど、島君の朗読と演劇部の劇は特に際立っていて、会場でも泣いている人がたくさんいた。だけど私はそれに続く事ができなかった。あそこまでしてもらっても、感情を動かす事ができなかった……でもみんなの涙は舞台上から見ていても、とても綺麗《きれい》だった。私も一緒に感動を味わって泣いてみたい……ただ、それだけなの》
「……おい、ここまで言ってるんだから、やっぱり泣きたいんじゃないのか？」「うん……そうなのかも」「てか演劇部のやつ、ほんとにすごかったよな」「そうね、すっごく感動した！」「ああ……名前がちょっとアレだったから喜劇なのかと思ったけどな」「ええ、まさか『ペンキと便器の短気は損気』なんてタイトルの劇に泣かされるとは思えなかったわ」「さすが全国大会常連の演劇部だよな！」「でもたしかに、あれで全く泣けないってなんかちょっと悲しいかも……」「だよな……ある意味邪道なBrain Seekerの薬に頼りたくなる気持ちも分かるような気がする」

よ、よし！　演劇部の話題をきっかけに形勢が傾いてきたぞ。

たしかにすごかったもんな、あの劇。

なんでもグリーンに塗りたいペンキ職人と、最高にクリーンなトイレ作りを目指す便器職人の対立。手に汗握る口論からの、和解。二人で協力し合い、グリーンでクリーンな便座を完成させた、涙を誘うフィナーレ——料金を取っても誰も文句を言わないんじゃないか、ってくらいの素晴らしい完成度だった。

ふと舞台袖に目をやると、その劇で使用された小道具がまだ残されていた。

ペンキの缶と、その中身を塗られた色鮮やかな緑の便器。まさかこの二つのアイテムであんな感動的な世界観を作り上げるとは——

【選べ　①ペンキの缶が倒れ、中身が流れ出てギャグマンガみたいな感じで滑る
　　　　②便器の中に入り、流されて異世界転生。魔王となって世界を統べる】

『観』とかじゃなくて完全に別の世界行っちゃってるじゃねえか！

しかもなんだトイレで流されて転生って！　普通トラックに轢《ひ》かれてとかだろうが！

い、いや、いくらなんでもこれはないだろ……今までも滅茶苦茶《めちゃくちゃ》な選択肢はたくさんあったけど、まさか異世界転生なんて事がほんとに起こるわけが…………起こるんだろうな、多分。

俺が完全なる消去法で①を選び取った瞬間——

ガタッ！

舞台袖でペンキの缶が倒れる音がした。

そして、狙ったかのように俺に向かってドロドロと流れてくる緑のペンキ。

いやいやいや。こんな分かり易《やす》く迫ってきてそんなマンガみたいに滑る事なんて——

《ズコ————ッ！》

気がついたら、マンガみたいに滑っていた。

「な、なんだあいつ……マンガみたいなコケ方したぞ」「まるでマンガみたいに綺麗に後頭部から落ちたな」「なんかマンガみたいに目ん玉飛び出してたように見えたんだけど……」「わ、私も……でもそんなマンガみたいな事ある訳ないし、気のせいよね」

ま、まずい。なんかまた場がコミカルな方向に。

服とか髪の毛とか緑のペンキでベトベトになっちゃってメチャクチャ気持ち悪いけど、そんな事気にしてる場合じゃない……なんとかしないと！

《み、みんな、聞いてくれ。今コケたのはわざとじゃなズコ――――――――ッ!!》

気がついたら、マンガみたいに滑っていた。

「おい、あいつふざけてるよな？」「ええ、ふざけてるわ」「完全にふざけてるな」「どこからどう見てもふざけてるね」「って事は――」

「「「「淡雪さんはやっぱり笑いたい？」」」」

ち、違うんだああああああああっ！

《じー……》

うっ……無表情ながら淡雪が責めるような視線を向けてきている。す、すまん……

でもこれ以上俺が弁解してもドツボにはまるだけだ。申し訳ないけど……ここはやっぱり本人にどうにかしてもらうしかない！

《ち、違うよな淡雪。お前の本当の望みは笑う事なんかじゃないよな？　もう一度真の気持ちをみんなに教えてくれ！》

《うん。みんな、さっきも言ったけど改めて宣言するね。私の本当の願いは――》

ズルッ！　ジョリッ！

「うわっ！」

不意に何かを踏んづけて俺は転倒する。

さ、さっきのバ、バナナの皮か……選択肢でコケた後、今度は不運でまたコケるとか、どんだけついてないんだよ俺…………ん？　ちょっと待てよ？　ズルッ！　は分かるけどジョリッ！　ってなんだ？

「あああっ⁉」

か、髪が……側頭部がなんか刈り上げみたいになってる！　な、なんでこんな事がっ！

その犯人は、相撲部主将の断髪式で使われたバリカンだった。

ちょっと待て……バナナの皮でコケて、偶然そこに落ちていたバリカンのスイッチが身体《からだ》のどこかに当たってオンになって、俺が動いた拍子に側頭部をジョリっていったと？

……天文学的レベルの不運だろ、もうこれ。

切れ味がすごすぎてなんか上の方はもう逆立ったツンツンへアスタイルになっちゃってるし…………って、いや待て！　俺の髪型なんて気にしてる場合じゃなかった！

淡雪が肝心な部分を話そうとしたところで、俺が流れを断ち切ってしまったんだった。

早く最後まで言ってもらわないと！

俺は淡雪にアイコンタクトを送り、淡雪はこくん、と頷《うなず》く。

よし！　『私の本当の願いは――』に続く言葉をみんなに伝えてくれ！

だがしかし、淡雪は鮮やかな緑に染まった俺のツンツン頭に視線を向けて、一言。

《草生えたみたい》

「「「「く、草生《わ、笑》えてみたい《ってみたい》って言ったあああああああああああ！」」」」

言ってねえだろ！

「や、やっぱり淡雪さんは笑いたかったのね！」「ああ、でもなにがしかの理由があって、直接笑いたいとは言えないんだ」「だから草生えてみたいってぼかして言ったのね！」「そうだ！　そしてそれをスムーズに言えるように仕向けたのは――」

「大供！」「大供！」「大供！」「大供！」「大供！」

俺じゃねえよ！

なんだよこれ！　ペンキで髪が緑に《マイナス》×バリカンで髪がツンツンに《マイナス》＝草生えた《大供最高！》みたいって

アホすぎるだろ！

くそっ！　俺のせいで淡雪のほんとの望みとは反対の雰囲気に――

「これでもう迷う余地はないな！」「ええ！　私達で淡雪さんが笑いやすい空気を作ってあげればいいのね！」「盛り上がってきたぜえっ！」

あれ？…………………………でもこれって――

「宝條さんの言う通りだ！　笑いたいのを隠す理由なんてなにもないぞ！」「そうよ淡雪さん、安心して笑っていいのよ！」「うん、会場全員あなたの味方だからね！」「ああ、いつも助けてもらってる恩返しだ！」「ほらみんな、もっと声出せええええっ！」

「淡雪！」「淡雪！」「淡雪！」「淡雪！」「淡雪！」

《ははっ……》

思わず、声が漏れてしまった。

ようやく、この間からの妙な違和感の正体が分かったから。

《大供君？》

答えはこんなにシンプルだったんだな。

《淡雪。お前さ、みんなにめっちゃ好かれてんじゃん》

《え？》

《こんな空気の中で泣くなんて絶対無理だよな、うん……淡雪、これはもう諦めた方がいいな》

《む……こんな事言いたくないけど、今のこの盛り上がりはほとんど大供君のせい。諦めろなんて言うのは無責任》

《…………そうだな、ほとんどどころか全部俺のせいだし、取るよ、責任》

先程と同じく、大歓声に飲み込まれて俺と淡雪の会話は本人同士にしか聞こえていない。

《うん。早くこの空気を落ち着かせて、泣けるような雰囲気を作ってほし――》

《責任取って、淡雪をちゃんと笑わせるよ》

《……は？　笑わせる？　……意味が分からない。それは私の望みとは正反対》

《淡雪の望みってなんだ？》

《え？　知ってるでしょ。私も他の人みたいに感情を持ちたいの。人間が生まれて最初にする感情表現は『泣く事』。まだそれを経ていない私はこの世に生を受けていない。泣かないと、私の人生は始まらない》

ああ……そこにアメリカの言い伝えが続くんだったな。

たしか、『あなたは泣きながら産まれたとき　周りは笑ってた　そしてあなたが笑いな

がら死ぬとき　周りは泣いている――そうなるような人生を送りなさい』みたいな感じだったはず。
めちゃくちゃいい言葉で、とても共感できる。
でも――
《笑って生まれてくる人間がいたっていい》
《それは無理。生物学的にそんな人間は存在しない》
《できるさ。『人間の進化における新たな可能性』なんだろ、お前》
《それはそういう意味じゃない。都合のいいように解釈しすぎ》
《はは、まあなんでもいいや――こっちはこっちで勝手にやらせてもらう》
淡雪の最終的な望みが本当に『泣く』事自体ならば、喜んで協力する。
でも違う。彼女の願いはもっと先にある。そこにある『感情』がほしくてほしくて、ずっともがき続けている。
《大供君……さっきまでとなんか表情が違う。なんでそんなに嬉しそうなの？》
当たり前だ。
たとえそれが『感動』によるものだったとしても、一人の少女をよってたかってみんなで泣かせようとする、とかいう訳の分からん集会よりも――

《女の子を笑顔にする方がテンション上がるに決まってるだろうが》

身体《からだ》が熱い。

沸騰しそうな血液が体内を駆け巡る。

それとは反比例するようになぜか脳内の感覚は静かに研ぎ澄まされ、極限まで冴《さ》え渡《わた》っていた。

それは、今までに経験した事のない全能感。

奇妙な確信があった。最低で最悪の選択肢だけど、今この瞬間だけは発動しない。

俺は何にも邪魔されずに――

【選べ　①一定時間、心で思った事を全て言葉にしてしまう
　　　②一定時間、今までお世話になったエロ本のタイトルを全て言葉にしてしまう】

おもっくそ邪魔してんじゃねえか！　ドヤ顔返せよ！　こんなに恥ずかしい事ある⁉

というか②とか完全に地獄じゃねえか！　バレるわ！　癖《へき》が！

ぜ、絶対に選べる訳がない……①は①で最悪なんだけど……対処法がない訳じゃない。

意識をしっかりと保って、全く関係ない事を考え続ければいいだけだ。

１８９７５９３３５８９７５２９４３００８２７４４５７４１８５９３０５８９７――たとえばこんな風に、完全にランダムな数字の羅列とかな。

淡雪を笑わせる流れは切れてしまうが、とりあえず選択肢をやり過ごしてから再開すればいい。

ふ……選択肢破れたり。

俺は、①を選び取って、すぐに数字を思い浮かべる。

《６９３８２７４２５８９１５８３７７８５３０３７１８３２８３７２９９２１さ――》

ヒュルルルルルルルル！

《そこで唐突に、頭上から何かの音が聞こえた。反射的にそちらを見上げると――な、なんだあれ？　……野球のボール？　…………そう認識した瞬間には既にそれは――》

ゴガッ！

《頭に強い衝撃を受けて、俺の意識は薄れ――》

《こ、これはとんでもないアクシデントだっ！　と、隣の野球場からのホームランボールが大供君に直撃っ……だ、大丈夫ですか大供君！》

《……はい、黒須先輩。少しフラッとしただけですから。当たったのも額ですしね》

《そ、そうですか……でもなんか少し瞳が虚《うつ》ろなのが気になりますが……というか、ぶつかる前からいきなり数字を呪文みたいに言ったり実況中継みたいな事してて、なんかおかしかったんですが……》

《平気です。こうして意識もはっきりしてるでしょ？　というかむしろ、めちゃくちゃ清々《すがすが》しい気分なんです。たとえるなら、なんの隠し事もなく思った事をそのまま口にしてるみたいな感じで》

《そ、そうですか……》

《大供君、ほんとに大丈夫なの？　念《ねん》の為《ため》、病院に行った方が――》

《いや、ほんとに問題ない――それよりも淡雪》

《なに？》

《かわいい》

《…………え？》
《めっちゃかわいいな、お前》
《大供……君？》
《初めて見た時から思ってたんだ、このかわいさはもう人間じゃないって》
《大供君……なんかふざけてる？》
《ふざけてなんかない！　俺は思った事をストレートに言ってるだけだ！》
《…………》
《でも、もったいない……淡雪は笑った方がもっとかわいいと思う！》
《あの、大供君……みんな聞いてるよ？》
《関係あるか！　てか会場中みんな思ってるわ！　笑った方が百万倍かわいいって！》
《えっと……あのね……大供君》
《てかおかしいだろ！　なんでみんなを笑顔にしてるお前が笑えないんだよ！　誰よりも人を幸せにしてるお前が誰よりもハッピーであるべきだろうが！》
《うん、あのね……だからそこにいくまでの段階として、まずは泣きたいと思って――》
《あー、もうそういうめんど臭いのいいから！　ゴチャゴチャ言ってないで今よりもかわいい顔見せてくれよ！》

《あ、あの……そんなに何回もかわいいかわいい言われると、ちょっと……》
《だから思った事言ってるだけだ！　悪いか！》
《い、いいとか悪いとかじゃなくて……はず――》
《いいか、淡雪》
《あ……か、肩掴《つか》むなんて……大胆》
《お前、人を笑顔にするの好きだよな》
《う、うん……》
《今、会場中のみんなを一番笑顔にする方法、分かるか？》
《私が……笑う事？》
《そうだ！》
《り、理屈では分かるんだけど……無理だよ。みんなが期待してくれてるのも感じるけど……笑い方なんて……知らないもん》
《だったらみんなの事は後回しでいい！　まずは俺の為に笑ってくれ！》
《……え？》
《俺だけに……お前のかわいい笑顔を独占させてくれ！》
《あ、あの……なんかもうそれ、プ、プロポーズ……みたいなんだけど……》

《なんて言ってるか分からんが、できる！　お前なら絶対もっとかわいくなれる！》
《あ、あの…………も、もうやめて……》
《あ、そうか！　俺がお手本を見せればいいのか！　ほら……こうだ！》
《あ……あう……》
《どうした？　顔背けたりして。なんか変だったか？　俺の笑顔》
《ち、違うの……あ、相変わらず……その……素敵な笑顔だと思って……》
《そっか……はは、ありがとな。じゃあ後はこれを真似《まね》するだけだ。できるか？》
《は…………はい》

《はっ……！》
意識が、覚醒する。
あれ？　俺は一体何を…………野球のボールがぶつかってきたところまでは覚えてるんだけど……ちょっと気絶してたのか、もしかして。
どうやらその間に選択肢の『一定時間』は過ぎたみたいで、思った事は口から出てきてないけど…………あれ？　……なんか淡雪が目の前にいるな……でもなんか思いっきり俯《うつむ》いてるぞ？　……ひょっとして俺、なんかやっちゃったのか？

そんな事を考えていると、淡雪がゆっくりと顔を上げ――

《……えへへ》

…………へ？

《あ、淡雪お前………………………………………………今、わ――》

「「「「笑ったあああああああああああああっ!!」」」」

会場が、爆発的な興奮に包まれる。

「見た？　……ねえ見たっ？」「ああ……ああ！　たしかに淡雪さん笑ったぞ！」「よっしゃあああああっ！」「よかった……よかったな！」「てか大供君ヤバくない？　あんなんただの告白じゃん」「ああ……あんなの誰にも真似できねえ！」「やっぱすげえええっ！」

「大供！」「大供！」「大供！」「大供！」「大供！」

だ、だからなんでそうなるんだっ……俺、もしかして気絶してたんじゃなくて……何かやらかしたのか？　……最初から最後まで目立っちゃってるじゃねえかあああああっ！

《私…………笑ったの？》

頭を抱えていた俺だが、淡雪のその声でふと我に返る。

《信じ……られない》

そうして呆然《ぼうぜん》と虚空を見つめる淡雪の瞳から――

《あ……あれ？》

一筋の雫《しずく》が、こぼれ落ちた。

《お、おかしいな……もう……もういいはずなのに……あれだけ望んでも全然出なかったのに……なんで今更……》

それは、淡雪が感情を表に出せるようになった証拠だった。

だって、次から次へと溢《あふ》れ出るその涙は全然止まる様子がないのに――

《でもなんだか……胸の辺りがあったかい》

淡雪は笑っていたから。

《大供君、ありがとう》

それは、いままで見た誰のどんな笑顔よりも光り輝いていた。

《……いや、俺は何もしてないから》

意識が朦朧《もうろう》としていた俺がどんな行動をしたのか……マジで全く記憶がない。

《あ、あのね、大供君……》

《なんだ?》

涙は収まった様子の淡雪だが、今度は何かモジモジした様子で話しかけてくる。

《な、なんでもない……》

《?》

《や、やっぱりなんでもない事はなくて……あのね……》

《うん、どうした?》

《う……あの……その……》

なんだか妙に戸惑っている淡雪。何かを言いたそうな感じなんだけど――

《…………………………》

淡雪は俺を上目遣いで見たまま、黙りこくっている。
そのまま数秒が経過した後――
ぽっ！
何やら妙な音がして、淡雪は急に俺から目を逸《そ》らした。
《な、なんだ？　……なんで急にそっぽ向く？》
《わ、分かんない……》
《は？　分かんないならこっち向いてくれよ。もう一回淡雪の笑顔、見たいぞ》
《…………無理》
《え？　何か俺、悪い事したか？》
《そうじゃない……そうじゃないけど……》
《？　だったら――》
《わ、分かんないったら分かんないの！》
《お、おう……そ、そうか……》
なかなかの剣幕に思わずたじろいでしまう俺。ま、まあでもこれも歓迎すべき事だよな。
ちゃんと感情が出せるようになったんだから。それが喜びにせよ怒りにせよ――
《――っ⁉》

突如、背中にとんでもない寒気が走った。

な、なんだこれ……なんか、とんでもないマイナスの感情を向けられているような……

怒り？　……いや、これはもうそれを超えて、なんか殺気じみた——

《…………》

俺がおそるおそる振り返ると……会場中のみんなが一斉に言葉を発するところだった。

「「「「大供爆発しろ」」」」

《なんで!?》

エピローグ1

「お、大伊陽太《おおともようた》っ……！　どう落とし前付けてやろうかあのガキャアアアアアッ！」

帝桜《ていおう》学園理事長室に、野太い叫び声がこだましていた。

「お、おのれ……Brain Seeker製のあの特効薬に、一体どれだけの金と時間がかかったと思ってるんだああああっ！」

金剛寺《こんごうじ》は怒りで目を血走らせ、頭を抱えたままその身を仰《の》け反《ぞ》らせた。

「クハハ、なにをそんなに憤っているんだ校長。あのビーチクCEO、タダにしてくれると言っていたじゃないか」

机に脚をのっけて鷹揚《おうよう》に笑う王神《おうがみ》にも、金剛寺の怒りが向けられた。

「それはあの特効薬で淡雪《あわゆき》テラの感情を戻す事が、Brain Seeker社のPRに繋《つな》がると思われていたからです！　結局あのガキが笑わせてしまったからご破算！　スポンサーは続けてもらえるとの事でしたが、料金上乗せの件も白紙！」

「つまりは、淡雪があのカプセル飲んで泣いてた場合と収支は同じじって事だろ？」

「甘い！　それはあくまで結果論であって、もう少しでBrain Seekerとの関係が完全に切

れるところだったのですぞ！　おまけにとんでもない臭いの謎のガスで私を眠らせるなど
と……思い出しただけでも腹が立つ！　……それに、問題は目先の金の事だけではありま
せん……いや、むしろこちらの方が遥《はる》かに重要と言ってもいい」
「ああ、淡雪の才能がどうのこうのという話だな」
「左様。淡雪君が超人的パフォーマンスを発揮する際、彼女の脳は著しく稼働している訳
ですが、その中で唯一不自然な程に沈黙を保っていたのが大脳辺縁系——つまり感情を
司《つかさど》る部位です」
「ふむ。つまりは万能の天才として産まれてきた代償として、感情を失っていたという訳
だ。逆に言うと、感情を取り戻した今は——」
「そう！　彼女の天才性は徐々に失われていきます！　それが……人類にとってどれだけ
の損失か………だから私は、超人的なパフォーマンスを残したまま感情だけを取り戻す
特効薬を心血を注いで準備したというのに……それを台無しにしやがってあのガキャアア
アアアアッ！」
　そこで再び怒りの矛先が大供陽太に向けられた。
「私の見立てでは、あの薬で淡雪が泣けていた可能性は十%もなかったと思うがな」
「何を仰《おっしゃ》るか。天下のBrain Seekerの技術の結晶ですぞ。涙を流せていたに決まってお

ります！」

「クハハ、ただ単に目から水を垂れ流させるだけならできていたかもしれんがな……ま、なんにせよ淡雪の天才性なんぞどうでもいい話だ」

「は？　………ど、どうでもいいですと？　……しょ、正気ですか理事長？」

王神の発言に、毒気を抜かれたように目を丸くする金剛寺。

「なあ校長。私がどうして淡雪をスカウトしたか、分かるか？」

彼女は、悪戯《いたずら》めいた笑みを浮かべながら質問で返す。

「そんなもの、今更言うまでもない。脳科学を驚異的に発展させうる新人類だからに決まっておりましょうが」

「こいつ、笑ったらかわいいだろうな、と思ったからだ」

「………………………は？」

「なんか、世界を揺るがすようなすごい奴《やつ》がいるとか言うんで会いに行ったら、あまりにもつまらなそうに何でもこなすんで、こっちまでつまらなくなってな……スカウトする気は失《う》せたんだが、ふと、どんな顔で笑うんだろうなこいつ？　笑ったらかわいいんじゃね？　という疑問が浮かんで、どうしても笑わせてみたくなった」

「な、なんと………そんな理由で淡雪テラを採ったというのですか？」

「ああ。実際最高だったろ？　いや、さすが私。笑わせた大供を引っ張ってきた事も含めて、人を見出《みいだ》す天才だな。ん？　どうした、そんな口を開けるほど、私の慧眼《けいがん》に感服したのか？」

「呆《あき》れておったのです！　あの淡雪テラをそんな理由でスカウトするなどと……日本中を探してもあなただけでしょうな……そしてあの忌々しい大供陽太について！　まさか、淡雪テラを笑わせるためだけに転入させたとおっしゃるのか！」

「ああいや、それに関しては別口で手を打つ予定だった。大供がクリアしてくれたのは完全に嬉《うれ》しい誤算だ。あいつの才能はもっと別のところにある。聞きたいか、ゲンゲン」

「結構！　そしてその名前で呼ばないでいただきたいと何度も申し上げている！」

金剛寺は声を荒らげて憤慨した後、苦虫を噛《か》み潰《つぶ》したような顔で額に手をあてる。

「まあ、Brain Seekerに使った金は年間の『十咲費《じゅっしょうひ》』一人頭の範囲内なので、元から赤字という訳ではありませんでしたが……淡雪テラが才能を失う事に対する損失の方は計り知れません。日本のスポンサーの一部は我が学園から手を引くやもしれませんし……何よりも彼女は我が学園の絶対的『顔』でしたからな。来年度以降の志願者数や学園自体のイメージに大いなる影響が出てくるでしょう」

「あー、ゲンゲンはそういうの気にしぃだよな」

「貴女《あなた》が気にしなさすぎなのです！　この帝桜学園は私立の学校法人だ。我々は教育者であると同時に経営者でもあるのですぞ！」

「落ち着けって。ゲンゲンがそう言うと思ったから、さっきの会が終わってから至急で準備させといたんだ――ほれ」

王神は、自らの机の脇に置かれていたスーツケースを手に取ると、金剛寺に差し出した。

「なんですかな、これは」

「いいから開けてみ？」

金剛寺は訝《いぶか》しみながらも、その言葉に従いスーツケースの留め金に手を掛けた。

「っ⁉　こ、これはっ……」

その内容物は、ぎっしりと詰め込まれた札束だった。

「一億三千九百万ある」

「い、いちおっ……」

「ゲンゲンにやるよ。『十咲費』を補填《ほてん》するなり、イメージ回復戦略を打つなり、自由に使ってくれ」

「じ、自由にって……こ、こんな大金、一体どこから？」

「私のポケットマネーだ」

「なっ……」

金剛寺は絶句して、目を見開く。

「い、いや、理事長が資産家なのは承知していましたが……こ、これはあまりにも……」

「どうした？　適正な価格だから遠慮なく受け取るといい」

「適正？　どういう事ですかな？　……金額が半端な事にも何か理由が？」

「今日の相場は約百三十九円だからな」

「おっしゃっている意味が……」

「分からんか？　答えは先程の淡雪テラの舞台上での表情だよ」

「答えと言われてもさっぱり……もう少し具体的に――」


「正に百万ドルの笑顔だろ、あれは」


そう言って、王神愛《あい》は自身も満面の笑みをみせた。

「は？　……え、笑顔？　…………まさか、淡雪テラのあの笑顔に対して……百万ドルを日本円に換算した一億三千九百万を私財から、学園に投じると？」

「おかしいか？」

「おかしいにも程があります！　…………はあ……貴方《あなた》には一生敵《かな》う気がしませんな」

「おいおい、そんなしょぼくれた顔するもんじゃないぞ。ほら、笑えゲンゲン」

生徒が笑顔になったのに教育者が落ち込んでいては示しがつかん。

「ま、まあそれはたしかに……こうですかな」

ニッ。

「あー、固い固い。もっとこう、口角を上げて」

「む……これではいかがか」

ニコッ。

「もう一声！　淡雪に負けない表情を見せてくれ！」

「しからば……これでっ！」

ニコォッ。

「オッサンの作り笑い最高にキモいな」

「ぶち殺すぞ小娘が！」

「百三十九円だな」

「テメェがやらせたくせに低すぎるだろ！」

「もしかしてもらえると思ってるのか？　逆だ逆。変なもん見せられた慰謝料だ。ほれ、よこせ」

「うがあああっ！　見とれよ貴様ァ！　いつか必ず引きずり降ろしてやるからな！」

これ以上続けると、血管が保《も》ちそうにない。金剛寺はなんとか息を整えると、実務的な方面へと話を向けた。

「ふうう……それはそうと今回の顛末《てんまつ》について、どう収拾させるおつもりですかな？」

勝利条件が達成された以上、淡雪テラがその立場を追われる事は避けられない。

たしかに理事長からの驚異的な額の補塡があったとて、彼女が『帝花十咲』であり続ける事の将来的価値は、一億や二億といったレベルではない。ドライなようであるが、経営者目線で考えるならば早急に次の学園の『顔』を選出しなければならない。

残りの九人から誰かをピックアップするか？　……いや、たしかに一点に対する才能の突出具合でいえば全員が淡雪テラよりも秀でているが、誰も彼もあまりにも尖《とが》りすぎている。

奉仕精神の権化であり、万人から好かれていた彼女の替わりになれるかというと……

自然と苦虫を嚙み潰したような表情になる金剛寺とは対象的に、王神は実に楽しそうに口の端を吊《つ》り上《あ》げた。

「ああ、それについてはちょっと考えがあってな――」

エピローグ2

集会の数日後、校内には大々的な貼り紙がされていた。

令

一　《淡雪《あわゆき》テラを泣かせる事》という勝利条件が満たされた――彼女が笑顔と共に落涙した――為《ため》、淡雪テラは『帝花十咲《ていかじゅっしょう》』の座から陥落するものとする

二　それに伴い条件の達成者、大供陽太《おおともようた》を新たな『帝花十咲』として認めるものとする

三　しかしながらその達成過程において品位を疑われるような行いが散見され、それを伝え聞いた一部の保護者から苦情が発生
生徒会・風紀委員会による緊急動議の結果、罷免票が過半数に達した
よって大供陽太から『帝花十咲』の位を剥奪《はくだつ》

残りの一席は暫定的に空席とする

四　だが一人の少女から人生初の笑顔を引き出した功績は唯一無二であり、全校生徒の心を鷲掴《わしづか》みにした資質もまた稀有《けう》である

『帝花十咲』として相応《ふさわ》しくないとの判断は妥当であるが、位の剝奪のみでは残した結果に対して不当であるのもまた事実

よって新たな位を設け、その称号を冠する事とする

五　大供陽太を初代『帝花一笑《ていかいっしょう》』として認めるものとする

「ふざけてんのか！」

俺はたまらず大声を張り上げる。

六　もとい大供陽太を初代『帝花一（笑）』として認めるものとする

「わざわざ（　）つけて書き直してんじゃねえよ！　完全にバカにしてるじゃねえか！」

七
それに伴い『帝花十笑』制度を新設
『帝花十咲』のように誰もが認める世界的な才能ではなく、既存の評価枠に収まらない独創的な人材の発掘を目的とするものである
この座に就いた者に関しては、進学推薦や卒業後の進路において本帝桜学園の全面的な支援を確約する
具体的な選定方法については追って通達するものとするが、現時点で即『帝花十笑』の座に就く方法を一つ明示しておく
《本校理事長が『帝花十笑』に相応しいと認める事》也

八
要は、ぶっとんで面白い奴《やつ》を求めているという事だ
クハハ、さあお前ら、全力で私を楽しませてみせろ！

私立帝桜学園理事長　王神愛《おうがみあい》

お、俺をイジって楽しんでるだけかと思ったら、そのまま新制度にするだと？　……あ

の理事長頭おかしいんじゃないのか……

「ぐ、ぐぎぎぎぎぎぎぎ」

そこで隣からものすごい歯ぎしりの音がした。

「ああ、おハナか、なんだそんな悔しそうな顔をして」

「悔しいに決まってるじゃないですか！　なんでダイキョーさんだけこんな特別扱いを受けてるんですか、ずっこいです！」

「いや、特別っていってもお前（笑）だぞ（笑）……こんなの恥ずかしくてしょうがないっての」

「チッチッチ、分かってませんねぇ、『咲』だろうが『笑』だろうが、スーパースターへの足がかりになるならなんでもいいんです！　そして九席も空いている今が絶好のチャンスです。むう～、何か理事長を楽しませるいい案は……」

おハナはこめかみに人差し指をあてて、ひとしきり考え込んだ後――

「あ、そうだ！　ダイキョーさん、一緒に理事長室に乗り込んでおしり見せてもらえません？」

「いやお前女子がそんな事したら大事件だろ……」

まあ男子でも完全アウトだけれども……

「え？　見せるのはダイキョーさんだけですよ？」

「は？　じゃあお前は何するんだよ」

「尻拭いをしてあげます」

おハナのくせにちょっと上手《うま》い事言ってきてイラッとするな……

「いや無理だろ……見せた時点で人生終わりだからフォローなんてしようがないっての」

「え？　なんか勘違いしてませんか？　理事長に汚いお尻見せるのも失礼ですから、表面をウエットティッシュで綺麗《きれい》にしてあげようかと」

「物理的に拭こうとしてたのかよ！」


「なんだか二人で楽しそう」


後ろから聞き覚えのある声がした。

「あ、テラさん！」

おハナは、飼い主を見つけた子犬のように淡雪に飛びついた。

「よしよし。ふむふむ…………なかなかすごい事になってるようですな、大供君」

淡雪はおハナの頭を撫《な》でながら、掲示板に視線を向ける。

「ああ……まあ理事長らしいっちゃらしいんだが、俺に関係のないところでやってほしかった……このままだと地味に生活するっていう目標が……」

「それは難しいと思う。あれだけ派手にやらしかしたら新制度とか関係なく、注目の的」

「うぐっ……」

でもたしかにそうなんだよな……こうして話してても、周囲からの視線を感じるし……淡雪と一緒にいるってのもあるだろうけど……残念ながらそれだけじゃない気がする。

「ふふん、だいじょーぶですよ。すぐに私がダイキョーさんなんて霞《かす》むくらいの活躍をしてみせますから。あ、そうだ！　テラさん。二人で一緒に『帝花十笑』を目指しませんか？　コンビで理事長のお腹《なか》をよじれさせてあげましょうよ」

「それは楽しそう」

「わあっ、やりました！」

おハナの顔がぱあああ、と輝く。

「でも、せっかくのお誘いだけど私は『帝花十笑』になる必要はないかな」

「え？　な、なんでですか？」

「しばらくは人を笑わせる事より、自分がそうなる事を楽しみたいから」

そして淡雪は俺とおハナに視線を向けて――

「もっとも、意識しなくても自然とこ﹅う﹅なっちゃうんだけどね」

その顔に、花が咲いた。

「えへへ」

な、なんだこれっ……か、かわ――

「ふふっ。大供君とおハナちゃんと一緒にいるだけで楽しくて仕方ないの」

今までと変わらない無表情と見せかけてからの、このギャップ……ちょっと汚いだろ。

「うっ……」

「あ、ダイキョーさん。テラさんがかわいすぎるもんだから、赤くなってますよ。やーいやーい！」

「小学生かお前は！　こ、こんなもん反射だ反射！　別に淡雪の事どうこうじゃなくてだな――」

「……そうなの？」

「え？」

「私は嬉《うれ》しかったんだけど……違うの？」

な、なんだこの反応は……なんか淡雪も顔が赤くなってないか？
ちょ、ちょっと待て……これは勘違いじゃなければ…………そういう事なのか？
いや、俺は淡雪をそんな目で見た事なかったし、急にそんな展開になられても——

【選べ　①淡雪テラのスカートをめくる
　　　　②大供陽太のパンツをめくる】

「お前も小学生かよ！」

あとがき

皆様こんにちは、春日部タケルでございます。

十年以上前に第一巻が発売された『俺の脳内選択肢が、学園ラブコメを全力で邪魔している』という作品がございまして、そこではなんとも下品な事に、エロ本から物語が始まっておりました。

この十年、出版を取り巻く環境は著しく変化しました。世の中には数え切れないくらいの種類のハラスメントが生まれ、少しでも他者を傷付ける可能性があるモノは悪とされ、規制は厳しくなり、文章内容も制限され、校正さんからも『この表現、大丈夫ですか？』という赤字が入る事が多くなりました。

冗談でもなんでもなく、『俺の脳内選択肢が、学園ラブコメを全力で邪魔している』という作品は、二〇二三年現在ではそのまま発刊する事は不可能でしょう。

そのような環境下で書きました本作『俺がどんな選択をしようが、ＳＳ級美少女たちが全力で注目してくる』は……………………うん、エロ本から始まってんな。

規制では人の本質を押さえつける事はできないというお話でした。

とはいえ、文章表現の幅が狭まってきているのは事実であり、我々作家に対する締め付けや縛りは年を経る事に確実に強くなってきています。

が、それで以前よりも面白いものが書けなくなるか、というのはまた別問題。

この言い回しや展開が駄目なら、こういう風にしてみよう……お、なんかキャラの新しい側面が！　みたいな発見もありますし、そもそも多少締め付けられたり縛られたりした方が興奮するような人種もいるんで——ああ、物理的な話をしてしまいましたので本題に戻りましょう。

別の表現を模索する、という話ですね——たとえばチ○コ。

伏せ字だとチョコとかチェコとかと勘違いする方がいるかもしれませんので、チン○の話です、念《ねん》の為《ため》。

このチ○コとかチン○という表現を作中に登場させる事は、問題ありません。

正確に言うと問題はあるのかもしれませんが、発刊はできます。

しかしそれは今現在の話であり、もしかしたら二〇三〇年あたりにはＮＧとなるかもしれません。

それは下品というのが理由ですから少し上品にしてあげれば解決する訳です。

おチ○コ。うん、これなら二〇三五年くらいまでは大丈夫でしょう。

もっと格上げしておチ〇コ様とすれば二〇四〇年まではイケるような気がします。

一文字分のお上品で五年延命できるという事なら『おチ〇コ様のおな〜り〜』とかにすれば二〇七〇年までOKという事になるので安泰ですね。

いやでも現在だったら『俺のチ〇コ』と書けばいいところを、二〇七〇年には『俺のおチ〇コ様のおな〜り〜』としなければいけなくなり、ちょっと面倒かもしれません。

万が一主人公が銭湯とかでふざけて男友達に『俺のチ〇コのおなりじゃあ！』とか言うシーンがあったとすると二〇七〇年には『俺のおチ〇コ様のおな〜り〜のおなりじゃあ！』という訳の分からないセリフになってしまいます。

うん、そうなったら作家やめよう。

みなさん、僕が何言ってるか分かります？　僕はちょっと分からなくなってきました。


ああ、規制のお話しでしたね。

その影響範囲は文章自体のみならず、タイトルにも及びます。

以前は発刊できていたものも、今後はNGとなってしまうかもしれません。ちょっと自著のタイトルで検証してみましょう。

まずは『美少女作家と目指すミリオンセラアアアアアアアッ!!』

おそらくこれが一番危ういです。後半の叫びが絶頂迎えてるように聞こえなくもないですからね。

なんか、『美少女作家と目指すミリオンセラー』という作品のパロディセクシービデオが作られた時のタイトルが『美少女作家と目指すミリオンセラアアアアアアアッ!!』だって言われたらしっくりきません？　なんかもうそうとしか思えなくなってきた。

次は『このあと滅茶苦茶《めちゃくちゃ》ラブコメした』

まあこれはもう、元ネタ自体がアウトですね。完全アウト。

むしろ当時でもよくこのタイトル通ったなと……意味が分からないよい子は決してグーグル先生を頼ってはいけません。いいですか、『このあと滅茶苦茶〜した』で検索しちゃ駄目ですよ…………駄目ですからね、絶対！

続いて『俺の脳内選択肢が、学園ラブコメを全力で邪魔している』

内容のみならず、タイトルでも堂々のエントリーです。

一見問題はなさそうですが、『邪』っていう漢字………なんかエロくありません？　うまく言えないですけど、ザ・よこしま、って感じで、この漢字考えた人天才かって思いますもん。

漢字を擬人化するとしたら邪ちゃんは絶対スケベ！

みなさん、僕が何言ってるか分かります？　僕はちょっと分からなくなってきました。


ああ、規制のお話でしたね。

実はこのあとがき自体が一つの試金石となっていて――つまりは二〇二三年現在、この程度のおふざけが許されるかどうかの実験なんですね。

みなさんがこれを目にしているという事であれば大成功。

よくある『君がこの映像を見ているという事は、僕はもうこの世にはいないだろう』っていうアレの逆バージョンって事ですね。

不本意にもNGとなってKADOKAWAの怒りを買った場合、もしかしたら僕の作家生命はここまでかもしれな――うわなにをするやめ　r

春日部の代理の者です。ここからは謝辞です。

担当編集Sさん。男性でありがとうございます！　このご時世、こんなあとがきを女性編集さんに送りつけて是非を問うだけでセクハラ認定されてしまうかもしれませんので。

いやでも同性でも不快に思われればハラスメントは成立するって聞いた事があ――うわなにをするやめｒ

春日部の代理の代理です。謝辞の続きです。

イラストを手がけていただきました塩かずのこさん。おハナはバカかわいくて、コロネはエロかわいくて、金剛寺《こんごうじ》校長は寺カワユ――もといテラはテラカワユス！　あ、そもそも校長にイラストなかったわ。どの子も想定をはるかにぶっちぎったかわいさで、感謝感激でございます。

本書の印刷・流通・販売の過程においてご尽力いただきました全ての方々に感謝を。

そして、読者の皆様に一番の感謝を。

それではまた、次の巻でお目にかかれる事を祈りつつ。

二〇二三年　五月　春日部タケル（代理の代理）

俺《おれ》がどんな選択《せんたく》をしようが、
SS級美少女《エスエスきゅうびしょうじょ》たちが全力《ぜんりょく》で注目《ちゅうもく》してくる

著	春日部《かすかべ》タケル
	角川スニーカー文庫　23788 2023年９月１日　初版発行
発行者	山下直久
発　行	株式会社KADOKAWA 〒102-8177 東京都千代田区富士見2-13-3 電話　0570-002-301（ナビダイヤル）
印刷所	株式会社暁印刷
製本所	本間製本株式会社

◇◇◇

●お問い合わせ
https://www.kadokawa.co.jp/（「お問い合わせ」へお進みください）
※内容によっては、お答えできない場合があります。
※サポートは日本国内のみとさせていただきます。
※Japanese text only

Printed in Japan　ISBN 978-4-04-114065-9　C0193

★ご意見、ご感想をお送りください★
〒102-8177 東京都千代田区富士見 2-13-3
株式会社KADOKAWA　角川スニーカー文庫編集部気付
「春日部タケル」先生「塩かずのこ」先生

角川文庫発刊に際して

角川源義

第二次世界大戦の敗北は、軍事力の敗北であった以上に、私たちの若い文化力の敗退であった。私たちの文化が戦争に対して如何に無力であり、単なるあだ花に過ぎなかったかを、私たちは身を以て体験し痛感した。西洋近代文化の摂取にとって、明治以後八十年の歳月は決して短かすぎたとは言えない。にもかかわらず、近代文化の伝統を確立し、自由な批判と柔軟な良識に富む文化層として自らを形成することに私たちは失敗して来た。そしてこれは、各層への文化の普及滲透を任務とする出版人の責任でもあった。

一九四五年以来、私たちは再び振出しに戻り、第一歩から踏み出すことを余儀なくされた。これは大きな不幸ではあるが、反面、これまでの混沌・未熟・歪曲の中にあった我が国の文化に秩序と確たる基礎を齎らすためには絶好の機会でもある。角川書店は、このような祖国の文化的危機にあたり、微力をも顧みず再建の礎石たるべき抱負と決意とをもって出発したが、ここに創立以来の念願を果すべく角川文庫を発刊する。これまで刊行されたあらゆる全集叢書文庫類の長所と短所とを検討し、古今東西の不朽の典籍を、良心的編集のもとに、廉価に、そして書架にふさわしい美本として、多くのひとびとに提供しようとする。しかし私たちは徒らに百科全書的な知識のジレッタントを作ることを目的とせず、あくまで祖国の文化に秩序と再建への道を示し、この文庫を角川書店の栄ある事業として、今後永久に継続発展せしめ、学芸と教養との殿堂として大成せんことを期したい。多くの読書子の愛情ある忠言と支持とによって、この希望と抱負とを完遂せしめられんことを願う。

一九四九年五月三日

転校先の清楚可憐な美少女が、
昔男子と思って一緒に遊んだ幼馴染だった件
Hibariyu
雲雀湯
illust シソ
重版続々!!
元"男友達"な幼馴染と紡ぐ、
大人気青春ラブコメディ開幕!
7年前、一番仲良しの男友達と、ずっと友達でいると約束した。高校生になって再会した親友は……まさかの学校一の清楚可憐な美少女!? なのに俺の前でだけ昔のノリだなんて……最高の「友達」ラブコメ!
作品特設サイト
公式Twitter
スニーカー文庫

隣の席のヤンキー清水さんが髪を黒く染めてきた
底花
イラスト ハム
Story by Teika Art by Hamu
お前のために
髪を黒く染めたんだから……
気づけよな。
1巻
発売
即重版!!
「髪染めたんだね」「ああ」「どうして髪染めたの?」「なんでって、昨日お前が……」僕の隣の席に座る金髪から黒髪に染めたヤンキーJK・清水さん。その後も一緒に料理したり、お弁当をくれたりするのだけど……。
スニーカー文庫

女友達は頼めば意外とヤらせてくれる
Onna Tomodachi ha Tanomeba Igai to Yarasete kureru
あたしはカノジョじゃなくて――
友達、なんだからね？
鏡 遊 Yuu Kagami
ill. 小森くづゆ
1巻発売即重版!!
インドア陰キャ男子高校生の湊。リア充陽キャの葉月。正反対でありながら毎日遊び回るうちに親友となった二人。あるとき、湊が土下座して「一度でいいからヤらせてくれ!」とお願いしたらあっさりとOKされて……。
スニーカー文庫

地下鉄で美少女を守った俺、名乗らず去ったら全国で英雄扱いされました。

水戸前カルヤ
画 ひげ猫

彼のおかげで、私はどうにか助かることができました

でもそのヒーローって、俺のことなんだが!?

高校受験の帰り道、涼は地下鉄で突如通り魔に遭遇した。転んだ少女を庇うため咄嗟に戦い勝利するも、疲れてそのまま家に帰った翌日、涼が目にしたのは——テレビに映った美少女が自分の事を英雄と呼んで探していた。

スニーカー文庫

君の紡ぐ物語で
世界を変えよう。
第29回
スニーカー大賞
作品募集中!
大賞 300万円
+コミカライズ確約
金賞 100万円
銀賞 50万円
特別賞 10万円
締切必達!
前期締切
2023年3月末日
後期締切
2023年9月末日
詳細は
ザスニWEBへ
https://kdq.jp/s-award
イラスト／左